お天気屋のお鈴さん

堀川アサコ

角川文庫
20730

目次

プロローグ　地下鉄のお鈴さん

お鈴《すず》は、天保《てんぽう》九年生まれである。

そのころ（江戸時代）、仙台《せんだい》の南町《みなみまち》にあった呉服屋の娘である。

そして、安政《あんせい》元年に数え年十七で亡くなった。

以来、ずっと化けている。

二十一世紀の今日も、元気に化けている。幽霊なのである。

お鈴が幽霊になったいきさつは、怨霊《おんりょう》とか地縛霊とかになっている人たちからすれば、ちゃんちゃらおかしいレベルのことかもしれない。だから、ここではお鈴が化けて出ている事情については割愛する。

とこしえに、花も恥じらう十七歳のお鈴は、たいそう美しい。江戸時代の人なのに、小顔である。身長は一五三センチほどだけど、ぽっくり下駄《げた》をはいているので、身の丈よりは背高に見える。髪型は当時の若い娘が結った桃割れという形の日本髪で、舞妓《まいこ》さんのようなびらびらかんざしを挿し、やはり舞妓さんみたいなだらりの帯を締め、振袖《ふりそで》をしゃなりしゃなりと揺らし、地下鉄に出る。

出るのだ。幽霊だから。

だけど、たいがいの人には見えない。幽霊だから。

今のところ、お鈴の姿が見えると確認できているのは、広瀬《ひろせ》信用金庫に勤務する村田《むらた》カエデというOLと、高齢者福祉施設に入居している室井《むろい》泰平《たいへい》とその友人石川《いしかわ》氏の三人だけだ。

三人ともお鈴とは肝胆相照らす仲だが、ことにカエデはお鈴から奉公人と見込まれ、取り憑《つ》かれている。

これから始まるのは、お鈴とカエデを中心に起こるすったもんだの物語だ。

幽霊であるお鈴は、自分の墓のある本当寺《ほんとうじ》というお寺に居る。それだけでは退屈なので、よく外出する。

え……？

幽霊にふらふら家の中なんぞに入ってこられたら、落ち着いて暮らして居られない。それこそ、ホラー小説になってしまう。

そんな懸念には及ばない。正統派の幽霊は、公道や、公園、公共交通機関やら、駅や、夢の中にしか立ち入ることをしない。

正しい幽霊であるお鈴にとって、仙台市地下鉄はかっこうのお散歩コース、化けて出るコースである。

ただし、長らく幽霊を続けているお鈴には、在仙亡者会《ざいせんもうじゃかい》の会長という役職がある。

悪霊を取り締まるのが、その主な役目だ。

ゴーストハンターとしてのお鈴は、江戸時代の南町奉行、大岡忠相《おおおかただすけ》を手本にしていた。といっても、お鈴が生きていた天保時代と大岡忠相の活躍した享保《きょうほう》年間では、同じ江戸時代でも百年以上のへだたりがある。それに、どちらも「南町」の人だけど、仙台の南町と江戸南町奉行所では何の関係もない。

実のところ、お鈴が大岡忠相に傾倒しているのは、テレビドラマの影響にほかならなかった。かつてお鈴は本当寺の住職の住まいで、ドラマ『大岡越前《えちぜん》』を毎回楽しみに観ていた。住職の家族が野球を観ようとしても、チャンネルは制御不能となり、お鈴自身が悪霊よろしく住職一家の茶の間を支配していた。

だって観たいんだもーん。加藤剛《かとうごう》、かっこいいんだもーん。

基本的に、わがままなお嬢さまであるお鈴は、結局のところそういう態度をとる。招待されなければ生きている人の住まいには立ち入らないという幽霊のおきても、「だって、〇〇〇だもーん」のもとには、ときとして無効となってしまう。

そんなお鈴は、今、地下鉄南北《なんぼく》線の車内で、つり革にもつかまらずじーっとたたずんでいる。

目つきがするどかった。

そばに付き従う番頭の幽霊、重兵衛《じゅうべえ》もどこかしら老いた岡っ引きみたいな迫力がある。

お鈴たちの視線の先には、ＯＬが三人、座席に腰かけていた。

「あーあ。めっちゃ、疲れたっちゃ」

一次会だけで退散した職場の忘年会の、それだけで充分にストレスフルだった束縛から解放されて、OL三人は一様にほっとした顔をしている。

短い乗車時間の中で、お鈴は三人の名前と互いの関係、そしてキャラクターを見切っていた。

髪型がベリーショートの佐藤《さとう》さん、メタルフレームの眼鏡のミホちゃん、口数の少ない貴美子《きみこ》さん。佐藤さんと貴美子さんが同期入社だが、しゃべるのはもっぱら佐藤さんとミホちゃんである。

「る（ず）んだ餅《もち》を食べて、舞妓さんに会っれ（て）、熟年カップルを見れ（て）、地下鉄《ちかれ（て）つ》のホームで五百円玉を拾ってレ（ネ）コババすると、呪われた痴漢にあうんら（だ）って。その痴漢におしり触られら（た）ら、あの世につれて行かれるんら（だ）って——ひくっ」

佐藤さんが、学校の怪談を語る小学生みたいに、いかにも大ニュースを告白する口調でいった。さっきまで焼酎《しょうちゅう》のお湯割りをバカスカ飲んでいたから、ちょっと呂律《ろれつ》が回っていない。

「なんすか、それ。マジ笑えますけど」

佐藤さんよりもっと飲んでいたミホちゃんは、ザルだ。全然、ピンシャンしている。

「ずんだ餅を食べて、舞妓さんに会って、熟年カップルを見て、地下鉄のホームで五百円玉を拾う人って、いなくないすか？　そもそも、仙台で舞妓さんに会うことってないっしょ。そりゃ、わたしだったら、五百円玉なんか拾ったらネコババしますけど。だいたい、呪われた痴漢ってのが、わかんないっすよ」

「…………」

貴美子さんは、佐藤さんがいったのが怪談なのか、冗談なのか、判断がつかなくて、困った顔をした。酒豪で知られる貴美子さんは、忘年会ではお酌を断り切れず、ザルのミホちゃんよりさらに飲んだが、意識は冴《さ》えるばかりだ。佐藤さんみたいに酒に弱ければ、理性も行儀の良さもふっ飛ばして、楽になれるだろうにと、貴美子さんはいつも思うのだ。酔っ払いの話を聞くのも、酔っ払いを介抱するのも、貴美子さんは苦手だった。酒豪と呼ばれるのも苦手だった。お酒を勧められるのも注がれるのも苦手だった。それなのに、天は彼女に鬼の肝臓を与えたのである。

「きゃーははははは」

佐藤さんが頭のてっぺんから声を出して笑ったので、周囲の視線が集まった。貴美子さんは、自分に罪があるように、顔を赤くしてうつむいた。機嫌よく酔っているミホちゃんはそんなこと、気になんかしていない。貴美子さんたちより五年分若い顔をくしゅっとしかめて、低くて怖い声を出した。

「でも、うちの会社の日村《ひむら》がその痴漢にあえばいいのに。日村のヤツ、毎日、井上《いのうえ》くんのことといじめて、めっちゃ可哀想ださ」

「…………」

貴美子さんは、どういっていいかわからず、もじもじした。

職場の人間の悪口は、どこでだれが聞いているかわからないので、怖くていえない。そんな貴美子さんを、ミホちゃんたちは「エライ」というけど、本当は話の面白くないヤツ、と思われている気がしてならない。だけど、この悪口に関しては……。

「ら（だ）ってえ、日村、男ら（だ）よ。しかも、おっさんじゃん。若者言葉、無理して使うの痛《いら(た)》いよねえ。呪われら（た）痴漢だって、あの世とかに連れて行きたくないんじゃね？」

「えー。人助けしませんかー、呪われた痴漢」

「しないねー。呪われら（た）痴漢にら（だ）って、人権があるっつーの。いや、ないか？　ところれ（で）、貴美子さん、やけに静かじゃん？」

「貴美子さんは、いつも静かっすよね」

ミホちゃんが、バカにするようにいう。いや、本当に褒めてくれているのかもしれないが。貴美子さんがひがんで、そう聞こえるのかもしれない——が。

「あの——ええと」

何かしゃべらなきゃと思った貴美子さんが言葉につまっているうちに、二人の酔っ払いたちは機嫌よく日村の悪口をいいはじめる。

日村隆《たかし》。

彼女たちと同じ会社に勤める、四十代半ばの独身男だ。

「日村って彼女、居るのかな？」とミホちゃん。

「やら（だ）、ミホちゃん。日村に気があるわけ？」と佐藤さん。

「んなわけないっすよ。冗談じゃないっすよ」

ミホちゃんはムキになって高い声を出すので、車両に乗り合わせた人はいやでも三人の会話に気を取られることになる。

「今日さ、忘年会でさ、日村のヤツ、ネクタイのこと自慢してやがったじゃないすか。セフレにもらったって。――普通、いいます？　会社の人の前でセフレとかって」

「聞いら（た）、聞いら（た）。自分の彼女のこと、セフレなんていうヤツって最低《さいれ(て)ぃ》」

それまでするどく耳をそばだてていた幽霊の重兵衛が、かたわらに居るお鈴にささやく。

「お嬢さま、セフレとは何のことでございましょうな？」

「やあね、重兵衛、何も知らないのね。セックスフレンドのことよ、セックスフレンド。ってか、十七の娘に何いわせんのよ、このひひじじい」

「ひひじじいなんて――お嬢さま、何てことを――」

重兵衛が絶句しているうちにも、ＯＬたちの会話は続く。

それまで二人の会話に圧倒されていた貴美子さんが、思い切った様子で口を開いた。

「でも、いいネクタイじゃなかった？」

「やら（だ）ぁ、真っ赤なネクタイら（だ）よ。日村らしい、ダサさだっちゃ」

仙台弁でいう佐藤さんの腕をトントンたたいて、ミホちゃんが離れた座席を目で示した。

「ちょっと、ちょっと、あの人、井上くんじゃないっすか？　うわさをすれば、ですよ」

うわさをすれば……。

日村とやらに、会社で毎日いじめられている井上という若手社員が、地下鉄の同じ車両に乗っていた。

濃い眉《まゆ》に、きりりとした二重まぶた、鼻すじのとおったなかなかの美男子だった。けれど、日々職場でいじめられているという話のとおり、その視線は床に落ち、広い肩幅を縮めるようにして居心地悪そうにつり革につかまっている。目の前の座席が空いているのに、座ろうとしない姿は、どこかおあずけをくらった可哀想な犬のように見えた。

ここで、もう一人のＯＬが登場する。

名前は、北村彩佳《きたむらあやか》さんという。

日村とも井上ともＯＬ三人組とも関係ない、面識もない人物だ。

彼女は忘年会ではなく、残業をしていて帰りが遅くなった。突発的なトラブルに見舞われたため、予期しない残業だった。毎週楽しみに観ていたドラマの最終回が今日の放送だったので、彩佳さんはかなり慌てていた。定時で帰るつもりだったために、録画予約をしていなかったのだ。

　エスカレーターを駆け下りて、ホームドアの前で光る円形のものを見つける。

　五百円玉だ。

　慌てていたけど、彩佳さんは五百円玉を拾いざま、今しもドアが閉じようとしている地下鉄に駆け乗った。そして顔を上げたときに目に入ったのが、舞妓《まいこ》さんの姿なのであった。

　仙台の地下鉄に舞妓さん……？

　桃割れという少女らしい日本髪を結って、銀色に光って揺れるびらびらかんざしを挿し、初冬らしくななかまどの意匠を染めた振袖《ふりそで》に、優雅で動きづらそうなだらりの帯と、ぽっくり下駄《げた》。

　彩佳さんは、さっきの佐藤さんたちのように酔ってはいなかったが、なにしろ慌てていたので、ちょっと混乱していた。仙台に居ながら舞妓さんに会えたという事実に、舞い上がった。

　写真、写真！

　SNSに載せようと、彩佳さんはいそいでスマホのカメラを舞妓さんに向けた。

　その舞妓さんこそ、幽霊のお鈴だったわけである。

　まるで珍獣のように写真を撮られてSNSにアップされたお鈴は、「なによ、失礼ね」

という様に、まなじりを上げて怖い顔をしていた。しかし、カメラ目線であった。

『仙台市地下鉄に舞妓さんが乗ってる!』

電車は動きだし、スマホの操作に気を取られていた彩佳さんは、あやうく転びそうになった。おっとっと……とよろめいた先に空いている座席があったので、倒れ込むようにして座った。ちょうど、いじめられっ子の井上くんが立っている真ん前の席だった。

「あんだ!」

彩佳さんに向かって怖い声を出した人が居る。

となりに座っていた熟年カップルの、おばさんの方だった。

「駆け込み乗車して、携帯使って、車掌さんにごしゃがれる(怒られる)っちゃ」

「すみません。すみません」

「ふん」

彩佳さんは平身低頭して謝るので、おばさんはすぐに機嫌を直した。ひざの上に載せていたリュックから小さな重箱を取り出して、ふたを開けた。ずんだの餡《あん》がたっぷりのった、お餅《もち》がならんでいた。美味《うま》そうだった。

「食べさい」

おばさんは割りばしを割って、彩佳さんの手に握らせた。

断り切れない強引さである。

残業でおなかが空《す》いていたし、ずんだ餅はことのほか美味そうだった。

だから、彩佳さんはひとつ箸《はし》でつまんで口の中にいれた。

ずんだ特有の香ばしさと、とろけるような甘さ、お餅のやわらかさが、口から全身へと伝わった。彩佳さんは思わず、ドラマを見逃しそうになっているピンチさえ忘れた。

「うーまぁ……」

恍惚《こうこつ》の一瞬。

それが、また一瞬で覚めた。

目の前に立っていた、ちょっと濃いめの顔をしたイケメンが、両手ですりすり彩佳さんのひざっ小僧をなで始めたのである。

それは、ほかでもない、あの井上くんだ。

「やだ、痴漢ー！」

彩佳さんは金切り声で悲鳴を上げた。

離れた場所でその様子を注視していたのは、お鈴だった。

振袖にぽっくり下駄という、およそ動き回るには具合の悪い装いながらも、お鈴は短距離ランナーのようなすばらしいダッシュで駆け付け、痴漢の井上くんの手をねじりあげた。

「痴漢、御用だ！　神妙にいたせ！」

お鈴のことは、霊視できる人しか見ることができない。

さっきははっきりと見えた彩佳さんの目にも、なぜかもはやその姿は映らなくなっていた。

ゆえに、痴漢の井上くんは、自ら変なかっこうで手をねじりあげているように見えた。

ここで変なのは、井上くんよりも、幽霊のお鈴が生身の人間を取り押さえたという事実だ。お鈴は、わがままで、自己中で、図々《ずうずう》しくて、大変な存在感があるのだが、一介の幽霊である。幽《かす》かな霊は、生身の人間をつかむことも、まして捕らえることもできない——はずだ。

それなのに、お鈴が井上くんの手をねじりあげることができたのは……。

「あんだ、大丈夫すか？」

ずんだ餅のおばさんが、びっくりして井上くんを見た。

井上くんがひとりで手をねじりあげたばかりか、きゅうっと気絶してしまったのである。

「ちょっとー、井上くん、大丈夫ー？」

佐藤さん、ミホちゃん、貴美子さんが、慌てて駆けて来た。さっきまで酔いで呂律《ろれつ》が回っていなかった佐藤さんだが、この騒ぎですっかり正常モードへとリセットされている。

一方、痴漢された彩佳さんは、自分のひざに片手を載せたままで、突然にくずおれた井上くんを見下ろしてドン引きしていた。

女性に痴漢行為をはたらいて、とがめられたと同時に都合よく気を失った井上くん。

その口と鼻から、エクトプラズムのように抜け出たものがある。

井上くんは、決して都合よく気絶したのではなかった。

三人のＯＬに同情されていたとおり、井上くんは電車で女性に痴漢をはたらくような、ゲスな男ではない。彼の鼻と口から抜け出たもの——それこそが、痴漢の正体なのである。

エクトプラズムは、一瞬、着物を着た老人の形を成し、そして、消えた。

「おのれ、逃がしたか——」

お鈴が可愛らしいくちびるを噛《か》み、口惜《くや》しげにうめいた。

「お嬢さま、お嬢さま」

番頭の幽霊——重兵衛が気づかわしげに、お鈴の後ろで揉《も》み手《で》をしている。

そして、この二人の姿も、先《せん》のエクトプラズムと同様に消えた。

「今、舞妓さんが居て——舞妓さんが消えて——」

まだ少し酔いの残っている佐藤さんが、うろたえながらいった。

「そんなわけないっちゃあ。あんだも大丈夫すか」

ずんだ餅の重箱を抱えた熟年カップルのおばさんは、ちょっと不安そうな声でそういった。

第一話　ひひじじい

1

村田カエデは、信用金庫に勤める二十七歳のＯＬである。

師走《しわす》の金融機関は、顧客のボーナス獲得でいそがしい。

カエデ自身も、春には結婚を予定していて、何かと気ぜわしい。

それなのに、仕事帰りの夕刻、家とも繁華街とも、彼氏のこんちゃんの住まいとも逆方向の、八木山《やぎやま》のお寺に居た。

本当寺の墓地の中にある築山《つきやま》の上。

時雨《しぐれ》が、無数の細い糸のように天から落ちていた。

冬至に向かって、日暮れはどんどん早くなっている。

暗くて、寒くて、ひもじい……いや、ひもじくはない。三月に退職した人からの差し入れで、ずんだ餅をしこたま食べたので、幸いにもおなかは減っていない。

でも、満腹だろうが、空腹だろうが、こんな季節のこんな時間、お寺の墓地は決して居心地の良い場所ではなかった。

　本当寺では、現在、茶室を建設中である。

　ゆかしい日本建築の仕事とあって、大工さんたちは張り切っている。しかし、冷たい時雨の中では、作業もつらかろう。作務衣《さむえ》の上に合羽《カッパ》を着た住職が、ビニール傘をさして工事の進捗《しんちょく》をいそいそと見に来ている。

　その様子が見わたせる墓地の築山では、重兵衛に赤い唐傘を持たせて、お鈴がえらそうに腕組みをしていた。幽霊だからだろうか、雨の中に居る重兵衛は少しも濡《ぬ》れていなかった。雨はその体を素通りして地面に落ちるのだ。それでいて、唐傘は雨をはじいていた。お鈴はわざわざ床几《しょうぎ》を持って来させて赤い毛氈《もうせん》を敷いて、もったいぶった顔をして座っている。唐傘とはちがって、毛氈も床几も雨に濡れないのだから、どんな仕組みになっているのか、あの世に属するものごとは、まことに計り知れない。

　折り畳み傘をさしているカエデは、幽霊ではなく生身の信金のOLだから、風で吹き込む雨粒のせいで、ずいぶんと濡れていた。

（なんで、こんな季節のこんな時間に、こんなところに居るのよ）

　早く帰りたい。

　そもそも、来たくはなかったのだ。

　でも、カエデは一方的にお鈴の〝奉公人〟と決めつけられ、お鈴に呼び出されればいやおうもないのである。

どうやって呼び出されたかといえば、やはりカエデ以外の人には姿が見えない重兵衛が、閉店まぎわにわざわざ広瀬信金の長町《ながまち》支店まで、お鈴の伝言を伝えにやって来た。この老いた忠義者に頼まれたら、「行きたくない」とはいえないカエデなのだった。

そして、いざ雨の墓地を訪ねてみれば、お鈴は機嫌が悪い。この世の森羅万象に対する不平を並べて、なかなか本題に入ろうとしないのである。

「日本という国は、四季があるからイヤなのよ。春夏秋冬で、着るものも食べるものも変わる。暑くなったと思ううちに、今度は寒くなるし、本当に面倒だわ。日本に生まれて損したわよ！」

だったら、百六十年以上も化けていないで、さっさと成仏しなさいよ。

そういいたいのをこらえて、カエデは二十七歳の常識人らしいことをいってみる。

「四季があるおかげで、折々の風情も楽しめるし、豊かな自然も味わえるし――」

「あんた、マゾ？　この状況を楽しんでいるわけ」

なかなかまどの模様の振袖《ふりそで》をさっとなびかせ、お鈴は暗くて陰気な墓地の眺めを示した。

確かに、楽しくない。

「四季なんて、ない方がいいに決まっているでしょ。あんた、テレビの紀行番組とかに洗脳されてんのよ。自分の意見を、ちゃんと持ちなさいよ。まったく、情けない」

カエデの意見は、四季の話はいいから帰りたいということだ。

「幽霊の身には、冬というのはつらいのでございますよ、カエデさま」

なるほど。だから、幽霊は夏に活性化するのか。

そう思っていたら、お鈴がつんけんしていった。

「ちょっと、重兵衛。カエデに〝さま〟は要らないの。カエデはわたしの奉公人なんだから」

どうしてお鈴の奉公人になってしまったのか。そこのところが、今でもまったく納得できない。父の墓参りでこの本当寺に来たのが、今年の春先のことだ。墓地の中で迷っているうちに、刻まれた文字も読めないくらい古ぼけて傾いで、石のデコボコにしか見えなくなったお鈴の墓につまずいて転んだ。

それに腹を立てたお鈴に取りつかれ、〝奉公人〟にされてしまったのである。カエデとしたら、通路になっている場所に墓石がある方がまちがっているといいたい。

「奉公人じゃありませんけど！」

カエデがいうやいなや、どこから出したのか、お鈴にハタキの柄でぴしゃりと手の甲をたたかれた。

「痛い！　何するんですか、この暴力幽霊」

「うるさい！」

お鈴は可愛い眉《まゆ》をつりあげた。

「あんたが話をそらすから、なかなか本題に入れないいんじゃないの！」

どの口がいうかなあ、とカエデはあきれた。

重兵衛をこき使って墓地の中に床几を運ばせて毛氈を敷き、日本の四季になんくせをつけ、一刻も早く帰りたいカエデを雨の中に立たせているのはお鈴ではないか。

そんなお鈴は、なおももったいをつけながら、ようやく用件を語りだした。

「この夏にね、在仙亡者会の懇親会があったのよ。秋保《あきう》温泉の一泊旅行」

その折に、見慣れぬ者が出席した。もちろん、亡者。幽霊である。

和服にカンカン帽をかぶり、草履をはいた足運びも軽やかな——軽やかすぎて、ときとしてゴキブリを思わせる、老紳士だった。

ところが、このじじい、温泉の女湯に忍び込んでのぞきまくり、亡者会の皆が怒って懲らしめようとしたら、逃走した。このとき、彼のゴキブリ級のすばしっこさを、皆は思い知ったわけである。

調べによると、この人物は狸穴屋《まみあなや》彦衛門《ひこえもん》という名前だった。

文政《ぶんせい》元年（一八一八）創業の、老舗《しにせ》遊郭の初代楼主だった。

過去帳に載っている子孫たちは全て無事に成仏していたが、彦衛門だけは二百年間ずーっと、助平じじい……ひひじじいとして世にはばかってきた。

女湯ののぞきはいうに及ばず、満員電車、満員のバス、エレベーター、お花見や七夕まつりや青葉まつりのひとだかり、学校や企業のトイレ、女子更衣室に忍び込むこと数千回。

アダルトビデオやエログラビアの撮影現場にも侵入して、カメラの映像や画像にその姿を捉《とら》えられ、アダルトビデオはホラービデオに、エログラビアは心霊写真となってしまい、撮影のたびにお祓《はら》いをしたりして大損害を出させている。

そんな狸穴屋の最近の手口は、生きている人間にとりついて、地下鉄の中で若い女性のおしりにさわるという悪質なものだ。

「人にとりつくってのが、悪質ですね。被害者はもちろん、犯人にされる人だってたまりませんよ」

「そのとおりよ。あの凶悪色魔幽霊め。もう、堪忍袋の緒が切れたわよ」

亡者会では満場一致で、狸穴屋彦衛門を縛につかせることに決定した。

「そこで、わたしがちょっとした呪いをかけたわけよね」

「死霊の呪い……」

折りたたみ傘の柄をしがみつくように握り、カエデはおどろおどろしい声でつぶやく。

「死霊っていわないで。失礼しちゃうわね」

お鈴の呪いには、確かに死霊の怨念《おんねん》らしいものは、こもっていなかった。

一つ、ずんだ餅《もち》を食べる。

一つ、舞妓《まいこ》さんに会う。※この舞妓さんとは、お鈴自身のことである。

一つ、熟年カップルに会う。

一つ、地下鉄のホームで五百円玉を拾ってネコババする。

以上の四つのことをすると、狸穴屋彦衛門は地下鉄の車内におびき出されるというのだ。

「なにゆえ、それで助平の幽霊が出るんです?」

カエデはきょとんとして訊《き》いたが、お鈴は平然としている。

「それが、呪いというものよ」

まったくわからない。まったく説明になっていない。

「まんまと現れた狸穴屋を、これを使って捕まえるのよ」

お鈴は桐の箱を差し出した。

ふたには焼き印で『お守り　御利益本舗謹製お徳用二十四個入り』と記されている。

中を開けると、錦《にしき》の小袋に〝満願成就〟という文字が刺繍《ししゅう》された、ごく一般的なお守りが、みっちり詰まっていた。

「このお守りに願掛けして、神さまに願いをかなえてもらうんですか?」

「ちがうわよ。こうやって使うの」

お鈴はお守りを一つ取り上げると、まるで手りゅう弾のピンを抜くような動作で、閉じ紐《ひも》を引っ張る。それを重兵衛に向かって投げつけた。

お鈴の手から、歌舞伎の蜘蛛《くも》の糸のようなものが、ぶわあっと広がった。

糸は重兵衛をとらえ、全身に巻きつく。

「お――お嬢さま、お助けを――お助けを――」

およそ、小さなお守りから出たとは思えないほどの大量の糸に雁字《がんじ》搦《がら》めにされて、重兵衛は無残なありさまになっている。カエデがおそるおそる触ってみると、それはハエ取り紙のように、べったべたなのであった。

「幽霊ホイホイ？」

「あんたは、ずんだ餅も食べてきたみたいだし、舞妓さんにも会ったし」そういって、お鈴は人差し指を可愛く頰に当てる。「あとは熟年カップルと五百円玉を探して、地下鉄に乗るのよ」

お鈴は、ねばねば糸のお守りをカエデの手に握らせる。

「はあ？　わたしが捕まえるの？　はあ？　結局、わたしですか」

「痴漢を捕まえるんだから、おとりが必要なのよ」

「お嬢さんが、おとりになったらいいでしょ」

「わたしに痴漢に遭えっていうの？　あんた、鬼？　悪魔？」

「わたしなら、いいってんですか」

「あいにく、こっちは敵に面が割れているのよ。しかも、狸穴屋は人間に憑依《ひょうい》して生身の女に触ろうとするの。だから、あんたじゃなきゃだめなの」

お鈴はたいそうなおせっかいで、責任感まで強い。だけど、お鈴の意思にしたがって実際に行動するのは、いつもカエデなのだ。これに抗議しても、お鈴は変な方向にキレて屁理屈《へりくつ》をいい、都合が悪くなると消えてごまかすのである。いうとおりにしないと、夢枕に立ってたたるのである。

*

金曜の夜、こがらしが落ち葉を舞い上げる。

お鈴にねばねば糸のお守りを託されてから、カエデはずんだ餅を食べ続け、体重が二キロも増えてしまった。地下鉄通勤であることを利用して、お鈴や重兵衛とともに、狸穴屋彦衛門を待ち受けていた。

しかし、である。

ずんだ餅を食べてお鈴に会うのはともかく、地下鉄のホームで五百円玉を拾ったり、熟年カップルに会ったりするのは、そんなにちょくちょく起こることではない。自慢ではないが、カエデが二十七歳になる今日まで、拾ったお金の最高額は百円だ。スーパーのレジで、店員からつり銭をもらうときに、受け取りそこねた主婦が落としたのを、代わりに拾ってあげた。もちろん、ネコババする状況ではなかった。

「ぼく、中学生のときに図書館で一万三千円を拾ったことがある。拾ったというより、本にはさまっていたんだ」

彼氏のこんちゃんがいった。

同じ広瀬信金長町支店に勤めるこんちゃんは、カエデが痴漢退治のオトリになると知って、心配して通勤の行きかえりを送ってくれている。パンダのようにむっくり太って気の優しいこんちゃんは、いざ痴漢が出現しても、戦えるんだろうか？　いや、戦う相手は痴漢の実行犯ではなくて、とりついた狸穴屋彦衛門なんだけど。

「そのときに図書館の係の人に住所と電話番号と名前をいって届けたんだけど、あれから十六年経ったのに、今もまだ連絡がないんだ」

こんちゃんは悲しそうにいった。この人はけっしてバカじゃないんだけど――広瀬信金の優秀な戦力なんだけど、ちょっとお人好《ひとよ》しすぎるところがある。

「えー、なにそれ、許せない。落とし主が見つかったとしても、一割はもらえるはずじゃん。見つからなかったら、全額がこんちゃんのふところに入るはずじゃん」

一万三千円で買えるものを想像して、カエデは熱くなった。

「あ、五百円」

こんちゃんがホームドアの方を指さして、興奮した声を出した。

確かに、ひろってくれといわんばかりに、五百円玉が落ちている。

いよいよ、お鈴の仕掛けが発動される……。そう思って拾おうとしたら、横合いから来た五十年配のカップルに先を越されてしまった。二人は「お金だ。お金だ」といって五百円玉を拾うと、ちょうど通りかかった駅員に渡してしまった。

「うう、正義の人たちに先を越された。今日も痴漢の幽霊に遭えなかったら、わたし、ずんだ餅を食べ続けて、こんちゃんみたいにプンプクリンになっちゃうわ」

プンプクリンとは、お鈴がこんちゃんに付けたあだ名だ。

「ところでさあ……。来週、緊張するね」

来週の土曜日、カエデたちの結納を兼ねた食事会をすることになっている。花巻《はなまき》から、こんちゃんの両親がやって来るのだ。こんな気の優しい人を生み育てた人たちなら、怖いこともないだろうが、カエデはあらたまった席というのは得意じゃない。結婚式も省略しようと思っているくらいだ。

「うちの母親が、自分で結婚するみたいに盛り上がってるんだよね」

こんちゃんが困ったようにいうと、カエデも「うん、うん」とうなずいた。

「うちのお母さんも、お色直ししてドレスが着たいとかいってる。あたしはねー、あの結婚披露宴というのがどうも苦手で——。そういえば、卒業式も得意じゃなかったなあ。どうしても泣けないのね」

「そうなの？　ぼく、泣いちゃったよ。幼稚園から大学まで、ずっと泣いてた」

「あー、それは、こんちゃんらしいかも。こんちゃんは、泣いていいよ。結婚式でも泣く？」

「どうかな。カエデさんに合わせる」

「無理しないで、泣いていいよ」

笑ったカエデの視界の端に、銀色のものがきらめいた。またしても、五百円玉が落ちている。

（これは、運命か）

一日のうちに二度までも、落ちている五百円玉を発見するなど、奇跡に近い。と、カエデはいささか大げさなことを考え、それを拾った。今度はひょいと拾えた。またしても後ろを駅員が通りかかったが、「落とし物です」なんて届けることはしない。

（お嬢さんにいわれたから、しょうがなく、なんだからね。普段だったら、ちゃんと届け出るんだからね）

そんなことを思いながらも、五百円で何を買おうかと考えている。

ホームに上り電車が到着するアナウンスが流れ、カエデたちは緊張した視線を交わした。

電車が来たと同時に、自分たちの後ろに出現したお鈴と重兵衛にも、びっくりさせられた。

「早く乗んなさい！」

お鈴に、どやされる。

「は……はい」

カエデが乗ったのは先頭車両で、座席には座らずつり革につかまった。

こんちゃんが要人警護みたいに殺気をみなぎらせているから、「ぽん、ぽん」とおなかをたたいて落ち着かせた。

「ごめん。すごく緊張して、ちょっと泣きそうなくらい」

顔を見ると、こんちゃんは黒目がちな両目をうるませて、車両のあちこちに視線をなげている。カエデもならって、きょときょとした。

和装の老人は居なかった。

カエデのとなりには、幼稚園児くらいの女の子を連れた若い母親が立ち、座っていた青年が席をゆずった。目鼻立ちのはっきりとした美男子である。容姿が良くて、心根も優しい人が居るのだなあと、カエデは感心した。

長町一丁目、河原町《かわらまち》、と駅を通過して、乗客は降りたり乗ったりした。

けれども狸穴屋彦衛門らしき人物は現れない。いや、生身の人にとりつくのだと、お鈴さんはいっていたっけ……。だったら、警戒すべき相手の容貌《ようぼう》は、まだわからない。

敵は女性のおしりに触るというので、こんちゃんはカエデの後ろに注意を向けていた。

お鈴と重兵衛は、幽霊らしい無表情でひっそりとたたずんでいる。

電車は五橋《いつつばし》に停まり、目の前に座った親子が降りる。

ドアが閉まり、社内アナウンスが流れたときだった。

むに。

だれかが、カエデのおしりに触っていた。

来た。

カエデは目を見開いて、痴漢の正体を確かめるべく首を動かした。

「きみ、ちょっと!」

こんちゃんが、らしからぬ険しい声で怒鳴り、すごい敏捷《びんしょう》さで動いた。

どさっと、何者かが倒れる気配がする。

カエデの目に映ったのは、さっき幼児を連れた若い母親に席をゆずった美男子だった。

彼はこんちゃんに手をねじりあげられたはずみで、床に転んだのだ。

そのからだから、人間の形をしたけむりが立ち上った。顔面に深いしわが刻まれ、やせているが上背があり、縞《しま》の着物に山高帽が、小粋でかくしゃくとした感じを強調している。ステッキを持ち、草履をはいたその老人は――。

「狸穴屋彦衛門――！　御用だ、神妙にいたせ！」

その声が、響いた。

ただし、カエデの耳にだけ。

というのは、叫んだのはお鈴だったから。

カエデは慌ててねばねば糸のお守りを持ち上げ、安全装置（？）のひもを外した。

「えい！」

投げつけたねばねばの蜘蛛《くも》の糸はみごとに痴漢青年を捕らえ、こんちゃんを捕らえ、しかし狸穴屋はすんでのところで糸を逃れ、同時に電車は仙台駅へと到着した。

ドアが開き、ホームドアが開き、狸穴屋は老人に似合わない機敏さで車外へと飛び出した。

「御用だ！」

「御用だ！」

お鈴と重兵衛が大騒ぎしながら、狸穴屋を追いかけて行く。

ねばねば糸にからめとられたこんちゃんが、そんなことどうでもいいというように、痴漢の実行犯である美男子を怒っていた。こんちゃんには、狸穴屋が見えないから、実行犯＝真犯人としか思えないのである。目の前で婚約者のおしりを触られて、こんちゃんは人生で一番怒っていた。

「きみね！　社会に出て、自分の欲望をおさえることができないなら、社会人で居る権利なんかないよ！　その手が……この手が……う〜ん、動かない……女性のおしりにさわりたいなら、自分のおしりにでもさわってなさい」

「こんちゃん、それもまた変じゃない？」

一方、駅のホームはわらわらと実に怪しい人たちであふれた。宇宙人の目撃者の前に現れて口どめしたり陰謀をめぐらせたりするという、黒衣の男たち——メン・イン・ブラックみたいな、無表情でそっくりな容貌の男たちだ。

彼らは、手に手に、御利益本舗謹製お徳用お守りを持ち、まるで盆踊りでもおどっているようにいっせいに手を持ち上げ、蜘蛛の糸を投げた。

「観念せい、狸穴屋！」

お鈴が甲高い声を上げる。

「む、無念なりー！」

狸穴屋彦衛門は糸に囚《とら》われ、しわがれた声を上げる。

同時に電車のドアはしまり、同じ糸でからまった美男子とこんちゃんと、どうしていいかわからず立ち尽くすカエデを乗せて、次の駅に向かって発車した。

仙台駅で降りた人たちには、お鈴たちや狸穴屋や、メン・イン・ブラック一同のことは見えていないにちがいない。それでも、器用によけてエスカレーターの方へと歩いてゆく。

カエデはねばねば糸から、こんちゃんたちをどうやって助けようかと考えあぐねて、遠ざかるお鈴をすがるように見た。

2

ねばねば糸はほかの乗客の視線を集め、車掌が駆けつけて助けだそうとしたがかなわず、しかしカエデが降りる北仙台駅に到着したとたんに消滅した。——正確にいうと、粘着性が消えたのである。

それはただの白くて細い紙のテープとなり、それでも四苦八苦したが、どうにか脱出した。助けようと骨を折ってくれた人たちは、「はて？」「はて？」と首をかしげながらも、最初からただの紙テープだったような気になり、それぞれの席へ、そしてそれぞれの駅へと散って行った。

美男子は乗り換えするため、仙台駅に引き返した。

こんちゃんは、カエデを家まで送り、村田家の夕飯を食べて長町の独身寮にもどって行った。

翌日は土曜日だが、カエデは早起きした。

休日の早起きはゴキブリやジョロウグモと同じくらい苦手なカエデのことだから、母の孝子《たかこ》は怯《おび》えた顔をする。

「なに？　なに？　雪でも降って、街中が埋まっちゃうんじゃないの？」

「用事があるのよ」

カエデはつまらなそうにいった。

「お奉行さまのお取り調べがあるの」

「何かのイベント？」

「そう、イベント、イベント。つまり、こんちゃんとデートよ」

食パンをトースターに入れて、冷蔵庫を開けた。

「あんたたち、昨日も会ったじゃないの。よく飽きないわね。さすが、結婚する人たちはちがうわ」

結婚して三年足らずで父と別れた孝子は、父の甲斐性《かいしょう》なしっぷりも悪かったが、彼女自身も伴侶《はんりょ》に執着するところが少ないタイプらしい。カエデとこんちゃんがずいぶん長く付き合っているのを見ていたころは、このまま結婚せずに終わると心配し、いざ結婚話が出るとお互いに飽きてしまうのではないかと心配している。自分だったら、絶対に飽きると思っているようだ。

　そんな孝子だが、カエデがトーストをもぐもぐやっている最中に、今日もまた訪れたこんちゃんを見て、ちょっとあきれた。

「本当によく飽きないわね、あんたたち」

「痴漢が出るから、心配なんです」

　リビングに通され、こんちゃんは真面目な顔でいった。

　こんちゃんには昨日の超常現象・蜘蛛の糸も理解不能だったし、狸穴屋がお鈴とその怪しい仲間たちに捕らわれたところも見ていない。カエデが説明したのだが、そのカエデの身の安全にかかわることなら、少しでも納得がいかなかったら断固として守り抜くと決めているようだ。その心根に、カエデも孝子も感動した。

「朝ごはん、いっしょに食べましょうよ」

「食べてきました。でも、いただきます」

　そんなこんちゃんは、二人でお昼に食べるお弁当まで作っていた。男性にはめずらしく自分の趣味の蘊蓄《うんちく》は語らないたちのこんちゃんだが、お弁当に関しては特別であるらしい。赤飯のおにぎりと、炊き込みご飯のおにぎり、アスパラの肉巻きと、固ゆでたまごと、ほうれん草の胡麻《ごま》和《あ》え、ベビーリーフとキュウリとトマトのサラダ……。お昼ご飯の話をおかずに、三人はトーストとヨーグルトだけの朝食を済ませた。

「じゃあ、行ってきます」

家の前に停めていたこんちゃんのクルマに乗り込み、向かった先は八木山の本当寺だった。

本当寺の敷地内に、時代劇で見る奉行所のお白洲《しらす》みたいな建物ができていた。茶室の工事は何日も続いているのに、奉行所はたった一日で現れた。どうやら、建物ごと、この世のものではないらしい。

前庭では住職が落ち葉を集めてイモを焼いているし、参道では子どもたちがサッカーをして遊んでいるけど、この仰々しい建造物に意識を向ける様子はない。きっと、見えていないのだ。

＊

「こんちゃん、これ、見えてる？」

「なに？　お墓？」

そういいながら、こんちゃんはお白洲の後ろにある床几《しょうぎ》に腰かける。奉行所といったら、むしろの上で土下座がスタンダードなスタイルだと思っていたから、床几があるのは助かった。実際に座れるということは、これは超常現象とは関係のない本物なのだろう。

被告席――つまり白砂の上にむしろが敷かれていて、狸穴屋彦衛門が平伏していた。

時代劇とはちがって、六人の裁判員が居る。着物にちょんまげの人、文明開化のころの流行らしいざんぎり頭の人、もんぺをはいたおばさん、銘仙の着物を着たむかしのカフェーの女給さんみたいな人、髪の毛を七三分けにした昭和のサラリーマンみたいな人、ニッカーボッカーをはいたヤンキーみたいな若い人である。六人は、あぐらをかいたり、正座したり、おしゃべりしたり、鼻をほじくったりしていた。

奉行所のお裁きなので、弁護士は居ない。江戸時代の裁判というのは、こうしてみると、なかなか恐ろしいものだ。カエデの目の前で進行しているのは、お鈴マターのなんちゃってお白洲なのだが。

「粗茶でございますよ、皆さん」

重兵衛が、せっせと裁判員たちにお茶を運んでいる。重兵衛がこちらを見て、申し訳なさそうな顔をした。カエデたちのお茶を用意していないという意味だろう。

カエデはバッグから緑茶のペットボトルを取り出すと、「気にしないで」と目顔で合図した。つられて、こんちゃんが自分のお茶をごくごく飲んだ。

「在仙亡者会会長、末広屋《すえひろや》お鈴、御なーりー」

重兵衛がうやうやしく呼ばわると、すり足でお鈴が登場した。

いつにも増して可愛いのは、この晴れ舞台で張り切って、おめかししているからだ。

雪ウサギと毬《まり》の模様の振袖《ふりそで》に、白地に紅色の山茶花《さざんか》を織り込んだ帯を締めている。

そんなお鈴は、お奉行さま用の席に、ちょこなんと座った。

参道で遊ぶ子どもたちが、サッカーボールをこちらに向けて蹴《け》った。ボールは、たまげたことに、奉行所の壁から屋根へと抜けて飛んで行った。追って来た子供たちが、やはり奉行所の壁を突き抜けて走って行く。

「えへん」

お鈴が咳払《せきばら》いしているすぐわきを、子どもたちは声を上げながら駆けてもどった。

「ごほん、えへん。狸穴屋彦衛門。そのほう、秋保温泉で女湯を覗《のぞ》き見し、仙台市内の学校、会社、役所の女子更衣室を覗き見し、女子トイレに出没し、アダルトビデオ撮影現場に潜伏し、あまつさえこれに映り込み、雑誌のグラビアアイドルの胸を触りしこと数百回、電車でサラリーマンに取り憑《つ》きおなごのしりに触りしこと数千回、その悪行とどまることなし。この罪、認めるか」

「おさわりは、女性に対する礼儀ですよ」

狸穴屋は悪びれずそんなことをいった。

裁判員たちは、それに憤慨して野次を飛ばす。

カエデも「なに、あのじいさん。感じわるー」といってから、現場の状況をこんちゃんに説明した。

「いやだなあ。セクハラする人の常套句《じょうとうく》だよ」

こんちゃんも、眉根《まゆね》を寄せている。

「静粛に！」

お鈴が扇子で床板をたたいた。

なぜだか、銅鑼《どら》のような大音声があがる。

住職と少年たちが不思議そうな顔でこちらを見てから、それぞれ落ち葉掃きとサッカーに意識をもどした。

「なによ、反省もしてないなんて、あったまくる。そのほう、懲役百年！　即刻の成仏を申し付ける！」

お鈴が高らかに唱えると、六人の裁判員たちは声をそろえて「異議なし！」といった。

ひとり、あわてるのはカエデである。

「えー！」

痴漢やのぞきが悪行であることはたしかだが、懲役百年というのは重すぎないか。そう思って「異議あり、異議あり！」と手を上げた。この場に展開している裁判沙汰《ざた》が見えない人たちにとって、カエデはただの変な人なのだが。

「カエデさん、どうしたの？」

「どうしたも、こうしたも、おじいさんが痴漢の罪で懲役百年だっていうのよ」

「それ、重すぎるでしょ」

見えないお白洲に向かって、こんちゃんも「異議あり！」と声をあげる。

そんな外野を無視して、狸穴屋彦衛門は昂然《こうぜん》と顔を上げた。

「ぼくはね、お嬢さん、あの地下鉄に乗って通勤している井上洋太《ようた》くんという青年が心配で、取り憑いてやったのだ。彼は今、非常に追い詰められているんだよ。このまま、むざむざ井上くんを残して、あの世になど行けるものか」

「へーえ」

お鈴は、扇子をえくぼに当てた。舞妓《まいこ》さんが可愛いポーズをとっているように見える。

「そのほうが、痴漢騒ぎに巻き込んだ井上洋太なる者の行く末を案じるのは、もっともなこと」

「……そうかなあ」

カエデは大岡越前みたいに、急にものわかりの良い態度をとるお鈴を見て、首をかしげた。

カエデの入れる横やりは、お鈴には聞こえないようだ。

「狸穴屋よ、そのほうの申し立てを聞き届けてつかわす。井上洋太が抱える問題が解決するまで、狸穴屋彦衛門の成仏を猶予する。村田カエデと、その連れ合いのプンプクリンは、狸穴屋のサポートをするように」

ビシッと扇子をこちらに向けて、お鈴がいい放った。

「ちょっと、ちょっと！」

カエデが憤然と席を立つ。

「なにが、サポートよ。都合のいいときだけ、カタカナ言葉使わないでよ！」

「カエデさん、どうしたの？」

こんちゃんが、むくむくした自分の頬に、両手を当てながら小首をかしげた。

「あたしと、連れ合いのこんちゃんが、破廉恥幽霊のサポートするんだって」

「連れ合いって――」

こんちゃんが、照れている。

「結婚はまだなんだけどね」

こんちゃんよ、反応するところがちがうだろうと、カエデは怖い顔になった。

＊

カエデたちが勤める信金の近くに、『ひさご』という居酒屋がある。

カエデとこんちゃんと狸穴屋彦衛門は、開店直後のひさごの、三つだけあるテーブル席の一番奥に陣取っていた。日暮れが早い季節だけど、まだ外は明るい。店にはカエデたちしか居なかった。

長い間、酒や肴《さかな》がこぼれたるたびに拭《ふ》かれて磨かれて、客たちの喜怒哀楽もしみこんだ木のテーブルは、ちょっと凸凹で黒光りしている。そのうえには、所せましと皿が並んでいた。焼き鳥、おから、もずく、ホヤ、豆腐の田楽、小松菜としめじのおひたし、きんぴらごぼう、焼きホッケ、特大茶碗蒸《ちゃわんむ》し、そしてなぜかオムライス。

狸穴屋彦衛門は、よく食べて、よく飲んだ。その姿は、こんちゃんにも大将にも見えていない。大将は、この常連カップル、今日もよく食べるなあと思っていた。今日も、というのは、ときたまお鈴と重兵衛が同行して、やっぱり人知れずよく食べるからだ。

「あの井上洋太って人、この近くに勤めてるわけ？　地下鉄の駅でたまに見かける気がする」

カエデがいうと、狸穴屋は老いても形の良い手でお銚子《ちょうし》を持ち上げる。

「この近くのSUネットシステムという会社に勤めておる」

「あ、近所じゃん。うちの信金のお客さんだよ。窓口に来るのは、事務の女の人だけど」

カエデは焼き鳥を口に入れた。たれと肉のうまみが口に広がる。かんでいると、気持ちがほっこりしてきた。だけど、頭の中は狸穴屋がいった井上洋太という美男子のことを考えている。

「あの痴漢の人、そんなに問題ありなんですか？」

「彼はダークサイドを抱えているね。ほっとくと、ヤバイことをしでかしかねん。いや、十中八九、人死にが出るだろう」

狸穴屋は、空になったお通しの小鉢にぬる燗《かん》の酒をそそいだ。

その表面が波立って、ひさごの天井が映り、そして全く別の風景が映り出した。まるで携帯電話でワンセグ放送を見るみたいに、小さな鉢の中に見知らぬ場所で働く見知らぬ人たちが現れる。彼らは動いて、しゃべっていた。それは、霊感のないこんちゃんにも見えたし、聞こえた。

お鈴はひとの夢枕に立って夢を占拠するという迷惑な特技を持っているが、幽霊というのはそれぞれ、こうした隠し芸があるのだろうかとカエデは思った。

小鉢の中の風景は、どこかの会社のようだった。女性たちはうぐいす色の制服を着ていて、男性たちはくたびれた背広を着ていた。給料が少なそうな会社だった。

「ああ、こいつ……」

こんちゃんが声を上げたのは、見知った顔を見つけたからだ。地下鉄でカエデのおしりにさわった、美男子の痴漢——井上洋太である。こんちゃんの穏やかな顔が険しくなった。あの痴漢事件の主犯は、今同じテーブルについていて、いっしょに食べて飲んでいるということをつい忘れるらしい。なにせ、こんちゃんの目には、小鉢の中の美男子がカエデのおしりに触ったことしか見えていなかったのだから。

「この井上洋太って人が可哀想だから、狸穴屋さんは取りついて痴漢をさせたっていうの？」

「そうですよ」

狸穴屋は、ケチャップの載ったオムライスを、幸せそうにほおばる。

「それって、全然、理屈に合ってないんですけど」

「まあ、それはともかく、よくごらん」

狸穴屋は箸《はし》の先で、小鉢を突っつく。

小鉢の中では、井上洋太のとなりの席に、太って大柄な男が居た。腹がでっぱっているので、ベルトまわりがだらしない。真っ赤なネクタイをしていた。

外ぞり加減の鼻の形と脂ぎった大きな顔が、小鉢の水かがみ越しにも見てとれた。同じ太った男でも、こんちゃんとは雲泥の差だとカエデは思った。こんちゃんが可愛いパンダなら、こいつはぶくぶく大魔王である。……ぶくぶく大魔王って何だか、よくわからないけど。

「こやつは、洋太の上司で日村隆という。四十四歳独身、趣味はオンラインゲーム。ナルシスト、反エコロジスト、男尊女卑派、不寛容、自称読書家、実はオンラインショップのレビューしか読んでいない、自称遊び人、自称……」

「ようするに、とことんイヤなヤツってことですか」

「そのとおり！」

狸穴屋は、お猪口《ちょこ》をあけた。

小鉢の中では、とことんイヤなヤツの日村が、井上洋太を頭ごなしに叱っていた。

——半人前が定時に帰るなんて、百年早いだろう。

——半人前が遅刻するなんて、千年早いだろう。

——おまえ、自分が半人前だってわかってる？

——朝来て、最初に何やった？　まずはシステムのチェックだろう？

――何時にシステムチェックした？　八時十五分？　それって始業時間じゃね？

――おまえは、始業時間から働けば、それでいいと思ってる？

――ね、まさかそう思ってるんじゃないよね？　なんで、早く来て仕事しないの？

――トイレ？　家でしてこいよ。おまえん家《ち》、便所ねえわけ？

――地下鉄が混んでた？　たりめえだろうが。始発で来いよ、給料泥棒。

――おまえ、一日、どれだけ稼いでる？　少なくとも、給料の三倍稼げ。

――電話が鳴ったぞ。早く電話とれ。

――なんで、新人のくせに先に電話とらねえの？　えらいから？　おまえ、社長か？

――なんだよ、その態度。「はい」とかいえねえわけ？

――なんだよ、その顔。ひょっとして反抗してるわけ？

――『為《な》せば成る、為さねば成らぬ、何事も。成らぬは人の、為さぬなりけり』

――日本で最高の名言だ。おまえの真逆だな。

――おまえは心が腐ってるからな、思ったことの反対のことをすりゃいいんだ。

――常に無理をしろ！　生きると思うな、死ね！

周囲の席の人たちは、困ったように横目で視線を交わし合っていた。叱責《しっせき》はしまいにはただの罵言《ばげん》となり、井上洋太の人格をことごとく粉砕してゆく。

「これが、毎朝続くんだよ。ことあるごとに、これが始まるんだよ」

狸穴屋は最初、地下鉄のホームで洋太を見て、美男子だからという理由で取り憑《つ》いた。

若い美男になってみたかったという、安直でけしからん理由からだった。

ところが、取り憑いてみたら、どうもこの洋太という若者は変だ。心の中が暗闇なのだ。

会社までついて行ってみた。そうしたら、洋太にはこんな天敵が居たのである。

洋太は、確かに要領のいいタイプではなかった。明朗闊達《かったつ》ではなかった。頭脳明晰《めいせき》でもないし、気が利くタイプでもなかった。

「だからって、新人をこんな風に扱ったら、萎縮《いしゅく》しちゃうよ。ひどすぎるよ」

こんちゃんが、本気で憤慨している。

「こんなところで働いていたら、気持ちがおかしくなっちゃうね」

カエデは焼き鳥の串《くし》をぶんぶん振って、同意した。そして、狸穴屋をにらむ。

「おじいさんは、こんな可哀想な人を痴漢に利用していたんですか？」

「この若者のフラストレーションを、いくらかでも解消できるかと思って」

狸穴屋はカエデの手をにぎろうとして、こんちゃんにはたかれた。

カエデはびっくりして、こんちゃんを見る。

「こんちゃん、おじいさんが見えるの？」

「見えないけど、途方もない憤りを感じたんだ」

狸穴屋は「これだからアベックはいやだよ」と、たたかれた手をなでている。

「この人の欲求不満は、痴漢なんかしたって解消されないでしょう。そもそも、この人の欲求不満の元って……？」

カエデが訊《き》くと、狸穴屋は真面目な顔になった。

「殺意」

「それ、マズイじゃん！」

カウンターの中から、大将が厳しい目でこちらを見るので、カエデは慌てた。

「いえいえ。マズくないです。とっても美味《おい》しいです。この茶碗蒸しなんか、とくに最高！」

そして、三人は井上洋太への同情をかみしめながら、茶碗蒸しを分け合って食べた。

3

井上洋太の殺意は、パワハラの上司ではなく自分に向いた。

次の日、電車が今しも入って来るというタイミングで、ホームドアの壁を乗り越えようとする洋太を見つけたのである。——こんちゃんの中では痴漢問題は解決していないようで、家まで送るつもりでカエデに同行していた。狸穴屋はきれいなOLや女子学生に会える地下鉄が大好きだから、当然のように同行していた。

そんな三人の目の前に現れた美男子の洋太は、線路に飛び込もうとしたのだ。

「こら、やめなさい！」

カエデがその背中に飛びつく。

でも洋太は火事場のバカ力がはたらいてしまって、カエデを振り払った。

今度はこんちゃんが飛びつき、狸穴屋が取り憑こうとしてふっ飛ばされ、カエデが足にしがみつき、ようやく洋太をとりおさえた。

辺りには人だかりが、できている。

洋太は興奮が限界を超えてしまって、しゃくりあげて泣き出した。

アドレナリンの波が引き、立っているのもやっとの様子だ。

駅員が近づいて来るのを見て、狸穴屋とカエデとこんちゃんが視線を投げ合った。


三人は洋太を地下鉄の駅から連れ出して、ひさごに向かった。昨日に比べて混んでいたけど、三つのテーブル席の一番奥が空いていた。そこを占領していた客たちが帰ったばかりだったのだ。

カエデとこんちゃんと、そして狸穴屋も、洋太をかばうようにして椅子に座らせる。となりに座ったカエデは、子どもをあやすように洋太の肩を抱いて頭をなでてやった。意外とやきもち焼きのこんちゃんも、今日ばかりはカエデが美男子を甘やかすのを、同じく心配そうな顔で見つめている。

「まあ、一杯飲もうよ。そして、落ち着こう。ね、ね。洋太くんは、ビールでいいかな？」

「待って、待って。無理に飲んだら、よけいに——」

こんちゃんが慌てていって、そして言葉を飲み込んだ。

酔って気持ちが沈むタイプなら、よけいに死にたくなるかも、といいたかったのである。飲み込んだ言葉は、カエデも洋太も狸穴屋も理解した。

「大丈夫です。でも……」

でも、あなた方はだれですか？

どうして、名前を知っているんですか？

だれだかわからないのに、どうしてこんなに優しくしてくれるんですか？

「いいから、いいから。大将、生ビール三つとウーロン茶ください」と、カエデ。

「枝豆と、揚げ出し豆腐と、チャーハンと、カニクリームコロッケ」と、こんちゃん。

目の前に並んでゆく料理を見ながら、洋太はウーロン茶に口を付けた。こくんと喉《のど》ぼとけが上下するのを見て、カエデたちはホッとして少し笑った。

「わたしたちは訳あって、あなたが会社でパワハラにあっていることを知っています。そのことについて、なんとかしよう委員会みたいな感じなの」

「なんで？」

洋太が元気のない声で訊く。死のうだなんて蛮行のせいで、もう精根尽き果ててしまい、よれよれなのが見ていてわかった。

「さあ、食べなよ。一人暮らし？　夕飯、ここで食べてきなよ」

「実家から通ってます。給料安いんで独立できなくて……」

洋太は弁解するように、もそもそといった。

「そっか。でも、夕飯くらい外で食べても、怒られないでしょ」

「怒られないよね」

こんちゃんが笑顔でのぞきこむと、洋太がつらそうに黙った。狸穴屋が、しかめっつらを、ぶるんぶるんと横に振っている。

「え？　怒られちゃうの？　洋太くん家《ち》って、けっこう過保護なんだ。あは……」

「過保護なんです。うち、むかしから結構厳しくて、でも、おれ、今年の春まで引きこもりしてて——」

洋太は、ぽつりぽつりと話し始めた。

大学を中退した彼は、引きこもりというのを四年半ほど続けていた。当然のこと、無職だった。両親は——というか、とくに父親が厳しい人で、しばしばはっぱをかけられたけど、部屋にこもる時間が長引くほどに外に出る気持ちは失われていった。

「就職したのは、父のコネだったんです」

「だから、辞められないんだ」

もしも辞めたりして、洋太の家で繰り広げられる修羅場を想像すると、カエデは気持ちが暗くなった。こんちゃんが、カエデと同じことを考えているのがわかる。狸穴屋は、枝豆を食べている。

「だったら、ほかの部署に異動願いとか出せば？」

「うちの会社、十人くらいしか居なくて――」

洋太の父は、小さな会社くらいにしかコネのない、半端な大物だったらしい。加えて、就活前に戦線離脱してひきこもっていた彼は、どれほどひいき目に見てもできる新人ではなかった。

「どういう仕事なんですか？」

「ＩＴ系っていうか――。引きこもっていたとき、パソコンばかりいじってたから、親父がそういう系の会社に口を利いて――。システムエンジニアっていうんですか――」

「え、すごいじゃん」

カエデは思わずつぶやいた。信金にもシステム担当の部署があるけれど、そういう方面に暗いカエデにしてみれば、神業を駆使する偉人集団だ。

「いや、すごくないんです」

洋太はうなだれた。

「おれって、いつまで経っても半人前で根性が足りないし、仕事が全然できなくて……。ミスばっかりで、気が利かなくて、『為せば成る』とか……全然、思えなくて……」

「為せば成らないから」

こんちゃんが怒ったようにいうので、カエデと狸穴屋は顔を上げた。

「この世のあらゆることはね、なるようにしかならないから。たまに奇跡みたいにラッキーなことが起こったりするけど、それは神さまがくれるご褒美みたいなもんだから。あとはただ、こつこつ働くだけ。こつこつの分だけ、成果がある。為せば成るなんていう人なんか、信じたらだめだよ。それはね、なんにもしたことのない人間のいう言葉なんだ」

「こんちゃん――」

カエデは目を丸くした。

「いいことという」

「ふむ。ただ柔らかく太っているだけじゃないんだなあ」

狸穴屋は、失礼な褒め方をした。

洋太はこんちゃんに励まされて少し元気になったのか、チャーハンと揚げ出し豆腐を食べた。

「ぼくたちが、日村って人にガツンといってやる。だから、洋太くんはおなかいっぱい食べてから、今日はゆっくり休んでください」

こんちゃんがいうと、狸穴屋が腕まくりしてはりきった。

「ぼくがついているから、彼は心配ない」

狸穴屋が洋太に取り憑《つ》いて、自殺なんてことはさせないと豪語した。痴漢もさせないでよと、念を押すのを忘れないカエデだった。

日村隆という人物が、不意におとずれた見ず知らずの人間の言葉を受け入れ、新人いびりをやめるかどうか？

その効果のほどははなはだ疑問である。

さりとて、狸穴屋のように相手に取り憑いたり、お鈴のように夢枕に立ったりなんて芸当ができないカエデたちは、正攻法よりほかに打つ手を知らない。

「為せば成るだよ」

「こんちゃん、さっき、それ否定してなかったっけ？」

「あ、そうだった」

日村の住まいは、洋太から聞いた。

長町にある五階建ての賃貸マンションだった。ずいぶんと年季の入った建物で、オートロックではないし、管理人も居なかった。日村の部屋は一階である。

部屋には明かりがついている。在宅のようだ。

しかし、ドアホンを押しても反応がなかった。

元より、敵は至極感じの悪いヤツだ。ケンカ腰になるのだって、覚悟してきた。乱暴な訪問者になって「出て来なさいよ、居るのはわかってるのよ！」と騒ぐという手もある。人ひとりが、死にかけたのだ。心無い言葉で洋太をそこまで苦しめた相手に、遠慮する気はなかった。

「出……！」

て来なさいよ！

と大声を上げかけたカエデは、こんちゃんに腕をつかまれてやめた。

ドアノブに赤いものがついていた。

ペンキをなすりつけたみたいな――いや、血である。

こんちゃんが、ハンカチを出して慎重にノブを回した。それは抵抗なく動く。施錠されていないのだ。

「こんちゃん、ヤバくない？」

「ヤバイね」

こんちゃんはそういいながら、玄関の中に入った。

「ごめんください」

声をかけても返答はない。部屋で人が動く気配もない。

そして、決定的にカエデを怖気《おじけ》づかせたのは、辺りに満ちる異様なにおいだった。金気があって、強烈になまぐさい。空気は寒いはずなのに、室温とは関係ない熱気が満ちていた。というか、人が居るとしたら、どうしてこんなに寒いんだ？

こんちゃんがくつを脱いで部屋に入ったので、その暴挙にカエデは悲鳴をあげそうになった。

だけど、足は勝手にこんちゃんの後について行くのだ。

頭が反対する。でも、心はこんちゃんと行かねばならないといっている。

掃除が行き届いていないざらついた床板を踏み、１ＤＫの部屋に入った。

テレビがない、生活感のない部屋。

黒い合板のシステムデスクの上に、ぼってりと厚い二つ折の財布と、おそろしく古くて大きいＩＢＭのデスクトップパソコンが載っていた。その下に、ごろりと人間があおむけに転がっている。のびているせいか、こちらもまたおそろしく大きく見えた。血が流れているのは、頭からだった。少し離れた場所に、血と髪の毛が付いたペーパーウェイトが落ちている。

日村隆だ。

ひさごの小鉢の中で、萎縮《いしゆく》した洋太に毒の言葉を浴びせていた男が、目の前で死んでいる。

「いや、生きてる」

陸に上げられた深海魚みたいに、舌と血をはみださせている口に耳を近づけて、こんちゃんはいった。

「こんちゃん、勇気ある。こんちゃん、すごい」

「うん……」

ほめられたこんちゃんは泣きそうな顔をして、ハンカチをポケットにしまうと、スマホを取り出して救急車を呼び、それから警察を呼んだ。

「大丈夫？　わたしたち、犯人だと思われない？」

「大丈夫。まかせて」

それからこんちゃんがしたことは、まったくカエデの理解を超えていた。

玄関にもどってドアノブを握り直し——指紋がつく！　と、カエデはあせった——机の上の財布を持ち上げて、中から免許証を取り出してぺたぺたと触ると、それを自分のスーツのポケットに隠したのである。

「こんちゃん！　泥棒しちゃうの？」

「そうじゃなくてね」

こんちゃんは、今にも失神しそうな顔を、ふるふると横に振った。

「ぼくたちは、帰宅途中で日村さんの財布を拾って……道端でだよ……、免許証の住所を見て届けに来たら、ドアが開いてて、ドアノブに血が付いてて、驚いて入って来たら日村さんが血を流して倒れてた。だから、救急車と警察を呼んだのです」

声が震えている。

「オッケー」

うなずくカエデも、震えている。その視界の隅に、真紅のにょろりとしたものが弛緩《しかん》していた。

「キャッ！」

「なに？」

「蛇が居る！　真っ赤な蛇が――え？」

ざらつく床の上でぐったりしていたのは、蛇ではなくて赤いネクタイだった。

4

こんちゃんの、お財布作戦はひとまず成功した。

カエデたちは、善意の通報者として警察に信用された。それでも根掘り葉掘り、同じことを繰り返し尋ねられた。こんちゃんは、根気ようくうそをつきとおした。この人はパンダみたいな外見をしているけど、けっこうタヌキかも、とカエデは思った。

行きがかり上、カエデたちも救急車に乗せられて病院に同行し、医師にも警官にもけが人の発見時の状況を説明させられた。ほどなく日村の実家から両親が駆けつけ、父親の方がとてつもなく息子にそっくりだった。性格まで似ているのだ。ショックを受けたせいで、とりあえずは近場の不審者にかみつこうとして、カエデたちが犠牲になった。

――あんたたちが、犯人か。この人殺しめ。

お父さん、お父さん、この人たちは息子さんを発見して救急車を呼んでくれたんですよ。と、奥さんとお医者さんが、老人をなだめた。

――ふぬ、ふぬ、ふぬ。

あげたこぶしのやり場に困っているのが、見ていてわかる。老人はやんわりと退場を食らっていた。そして肝心のけが人は、命を取り留めた。けれど、頭をなぐられたせいもあって、なかなか意識がもどらなかった。

日村は、翌日になっても意識不明だった。お母さんが律儀な人で、昨夜のお礼をいう電話を掛けてきて、息子の容態を話して声をつまらせていた。いやなやつにも、その身を案じる人がいるのだと、カエデはつくづく思った。

(暴力反対)

だけど、いったいだれが、あんなことをしたのか。

(え? ひょっとして? でも、まさか?)

倒れている日村を発見したとき、カエデたちも思いを巡らせるべきだったことに、警察はすぐに行きついてしまった。

すなわち――。

井上洋太が、傷害の重要参考人として警察に連れて行かれたのである。

職場でのパワハラに耐えかねて、日村を殺害しようとしたと。

そして、カエデたちだけが知っている事実、それは洋太が自殺しようとしたことだ。

つまり――。

日村に対して凶行に及んだことを後悔して、死んでお詫《わ》びしようとしたと……考えられないでもない。洋太が職場で受けていた仕打ちは、殺意を抱いても不思議じゃないレベルだったと思うし、四年半も無為に過ごした彼には、親と暮らす家だって逃げ場所にはならなかった。

「こんちゃん、どうしよう」

「狸穴屋さんは、何ていうかな」

「だね。あの、小鉢にお酒を入れる技で、真相を突き止めてくれるかもね」

そういってから、カエデは不安になった。

「真相がわかって、もしも井上くんが犯人だったら？」

「そのときは、警察にまかせるしかないよ」

その警察が、カエデたちが洋太と居酒屋に居たことを突き止めてしまった。呑兵衛《のんべえ》ができあがる時刻でもなかったのに、すっかり泣き上戸になった洋太を、カエデたちが介抱してなぐさめていたと、ひさごの大将が証言したのである。

ついには、洋太の自殺未遂もバレた。地下鉄のホームドアを乗り越えて身投げしようとした若い美男子を、二十代らしいカップルが助けた。カップルの男の方は、ちょっとメタボだった。若い美男子は井上洋太、カップルのうちメタボな彼氏はこんちゃん。

（バレバレだ）

容疑者と、被害者を発見したカップルがつながってしまった。

これは非常に不自然である。

ここから導き出される推理は、子どもだってわかる。

洋太が日村の自宅を訪ね、日ごろのパワハラを恨んで殴打した。

犯行を苦にして自殺しようとしたが、カエデとこんちゃんに助けられる。

こんちゃんとカエデに事情をすべて告白し、カエデたちが現場に駆けつけて通報した。

「そう考えるより、ないじゃありませんか。どうして、井上洋太をかばうんです？　どうして、自殺未遂や居酒屋でのことを証言しなかったんです？」

私服の警官に問い詰められ、カエデはしかられた子どもみたいに頬をふくらませた。

「だれが犯人なのか、そんなことわからないです」

それは事実だ。

「わたしたちはただ、電車に飛び込もうとしている人を助けて、そのままにしておけないからしばらくいっしょに居たんです。日村さんのお財布を拾ったのは、その後で——」

財布のことはウソだ。

カエデたちの行動だけでは洋太が無実だと証明できない。ほかならぬカエデたちだって、そうはいいきれない。

「どうして、井上洋太を助けた後で、駅員なり警察なりに任せなかったんですか」

「いけませんか？」

カエデは居直った。

「一般市民が、人助けしちゃ、いけないんですか？」

一般市民ねえ。

どうも、このカップル、うさんくさい。警官がそう考えているのが、カエデにもわかった。カエデとこんちゃんが別々に話を聞かれたという事実が、そもそも不審人物扱いされていることの証《あか》しだと感じた。


翌日の夕方、広瀬信金の社員通用口に、和装に山高帽をかぶった老人がカエデを待っていた。狸穴屋彦衛門だ。

「狸穴屋さん、井上くんは無事ですか？」

「四十八時間は、警察で取り調べられるのだよ。あの青年を捕らえてしまったのは、警察の勇み足だったね。彼が犯人だという証拠はないのだ。まもなく放免されるだろうよ」

「じゃあ、犯人はだれなんですか？」

通用口のすぐ外で、カエデは狸穴屋に向かって訊《き》いた。

とおりかかった同僚に奇異の目でみられる。なぜならば、狸穴屋の姿はカエデにしか見えないのだ。カエデはあわててスマホを取り出して、とってもわざとらしい作り笑いをしてから、「えーとね、ドラマの話」なんて、いわなくてもいい弁解とかしてみた。

「小太りの彼氏はいっしょではないのかな？」

狸穴屋が帯にひっかけたタヌキの根付を親指で直していたら、小太りのこんちゃんが現れた。狸穴屋の声は無遠慮に大きかったから、こんちゃんに聞こえなくてよかったなあとカエデは思った。

「狸穴屋さんが来てるの」

カエデは、狸穴屋の輪郭を両手でたどりながらいった。

「井上くんは、大丈夫なの？」

こんちゃんはカエデと同じことを訊く。さっきの狸穴屋の答えを今度はカエデが話して聞かせ、それからまた狸穴屋の顔を見た。

「狸穴屋さん。井上くんが犯人だって証拠はないっていいましたけど、それは犯人じゃないって意味なんですか？　じゃあ、だれが犯人なんですか？」

「まあ、ついておいで」

狸穴屋は、草履をはいた足ですたすたと歩きだす。

行った先は広瀬信金長町支店から徒歩十分、雑居ビルというには敷地面積が広い三階建ての建物だった。築年数は、それでも三十年ほどは経っているだろう。クリーム色の外壁は、ところどころひび割れて外れている。テナントには、信金の顧客として聞き覚えのある名前も入っていた。

「ん？　ＳＵネットシステム？　井上くんの居る会社だ」

「どうやら、ちょうど間に合った」

狸穴屋はやせた頬を意地悪そうにゆがめて、微笑ともいえる表情を作った。そうして指さした先、ビルの正面口から、暗い表情の女の人がとぼとぼと現れた。

「あれなるは、新谷《しんたに》貴美子という女性《にょしょう》である。あの者を、連れてらっしゃい」

狸穴屋が、カエデの耳に顔を近づけていった。幽霊でなければ、耳に息がかかるところである。カエデは眉根《まゆね》を寄せて顔をそむけてから、

「え？　連れてらっしゃいって？　どうやって？」

「ごしょごしょごしょ」

狸穴屋がカエデの耳に顔を近づけ、接吻《せっぷん》でもするように「ごしょごしょ」いった。それが大変に気色悪かったが、「ごしょごしょ」の内容が衝撃的だったので、驚く方が先だった。

「えええー！　あの人が犯人なんですかー？」

「バカ者！　声が大きい！」

狸穴屋が怒ったが、後の祭りだった。

新谷貴美子なる人物は、暗い顔でカエデを見る。

こんちゃんも困惑と狼狽《ろうばい》の態《てい》で、カエデと貴美子を見比べた。

それを見定めた貴美子は、急に駆けだした。

「待て！　待ちおろう！　追え！　追わぬか！」

狸穴屋が、細い腕をぶんぶんと回して貴美子を追いかける。

カエデとこんちゃんも、慌てて走った。

歩行者用信号が点滅し出した交差点を渡り、小路《こうじ》に入って角で曲がり、児童公園を斜めに横切って、工事現場の前で貴美子は転んだ。パンプスのかかとが高すぎたのだ。

ゴム底靴のカエデたちは、血相を変えて追いつくと、貴美子を囲むようにして三方に立った。もっとも、狸穴屋は見えないので、カエデとこんちゃんの二人が貴美子を追い詰めている風に見えるのだが。

「まずは、ちょっと休みませんか」

肩で息をしながら、カエデはすぐ先にある喫茶店を目で示した。

*

１ＤＫの部屋で、貴美子は肉のうすいひざを折りたたむようにして座っていた。

日村は一人でビールを飲んでいる。ビールは貴美子の分も、ガラステーブルの上に載っていた。自分だけが美味《うま》いものにありつこうという料簡《りようけん》はない。日村は、こんなところは律儀な男なのだ。

口から洩《も》れたビールが泡立つ筋になって、日村の肥満したのどを伝わって落ちる。みにくいなあ、と思った。

このみにくい男に、自分は欲情し、こちらも欲情されたのだなあと思った。

せまい部屋には、恥じらいもなくベッドが空間を占領している。あの布団の中で——男のにおいというよりは、はっきりと加齢臭だとわかるにおいを嗅《か》ぎながら、自分もはだかになったことを思い出した。だぶつく、腹の肉の感触。生臭い息のにおい。お互いがあげた変な声。

そんな記憶を、貴美子は嫌悪した。

嫌悪しながらも、また下半身が熱くなってくる。胸がくるしくなってくる。

「ねえ、井上くんのこと、どうしてあんなにいじめるの?」

「いじめる?　だれがいじめたの?」

「あなたよ。毎日、毎日、ひどいこといってるじゃないの」

貴美子は、井上洋太のためではなく、日村のためにそれをいいに来た。日村が井上洋太をいびることに関して、社員の間で悪評が立っているのは知っていたが、社長がくぎを刺してきた。貴美子が日村と付き合っていると知った上で、である。

ずるいな、と思った。

部下の指導は上司の役目だ。恋人の役目じゃない。

恋人——恋人は、セフレじゃない。

そう思ったら、かっと頭が熱くなった。

「だれだって、生まれついて仕事のことを知ってる人なんか居るわけないじゃない。教えてあげなくちゃ、何もできないわよ。それを頭ごなしに叱ってばかりじゃ、仕事を覚える前に心が折れてしまうでしょう」

「心が折れるう？」

日村は鼻につまった声で、嫌味ったらしく語尾を上げた。なんだか、トドかセイウチみたいだと貴美子は思った。

「井上はしょせんはニートで、それをコネでうちの会社に押し付けて、おれの下につけられて——。割りを食っているのは、おれなわけよ。

おまえさあ、あいつが、どんだけバカかわかる？　初めて出す客へのメールの一行目に、『つきましては』って書くくらいなんだぜ。しかも、そのメール書くのに何時間かけたと思う？　たっぷり三時間半。昼飯食ってから四時半までかけて、とうてい客には送れないメール書いているようなカスなんだよ。

毎朝のシステムチェックはザルだし、プログラムを書かせりゃバグだらけ。『a href』のこと、なんて読んだと思う？『ア、ハーフ』だってよ。中学校のパソコンクラブだって、そんなアホなまちがいしないっての。

井上をほっておけば、被害はおれのところだけじゃない、会社全体に及ぶ。あいつは必ず、会社のブラックホールになる。今のうちに、自分から辞めるように仕向けて、何が悪い——」

「でも——」

現に、社長が貴美子を呼んで、日村をいさめるようにとほのめかしたのだ。日村がどう思おうと、社長には井上洋太を辞めさせるつもりはない。井上洋太が受けている虐待を――だれが見たって虐待だ――会社のだれもが見過ごせないと思っているのだ。

「社長が、あたしにいったのよ」

「何を？」

いどむようにいう。外反りの鼻に脂じみた汗が浮かんでいる。眼鏡の奥の目が、敵意だけを見せて小さくなる。すごく感じが悪い。

「わたしとあなたが付き合ってるから、あなたをやんわり諭してっていったのよ。あなたは、井上くんをいじめすぎる。社長も、ひどいと思ってる――」

「だれとだれが付き合ってるって」

日村は肉のだぶつく首を左右に振って、ネクタイを外した。赤いネクタイ。貴美子が彼に贈ったものだ。日村が喜んで受け取ったものだ。

それを、日村は床に投げ捨てた。そして、足で蹴《け》った。忘年会で、セフレにもらったといっていたネクタイを。

「あたしたち、付き合ってるわよね」

「いや、おまえはただのセフレだし。暗くて、ブスで、空気が読めない女と、付き合ってるおぼえないし。ていうか、セフレにしても、寝転がってヒーヒーいうだけのマグロ女――」

ほんの一瞬だった。

一瞬の間に、貴美子は古いデスクトップパソコンの横に置いてある、天然石のペーパーウェイトを持ち上げる。以前から、せまい部屋の中で、これだけやけに豪華だなあと思っていた。こちらの殺気に気づいて後ずさる日村に駆け寄りざま、体重をかけてそれを振り下ろした。

ごつ。

鈍い音がした。

血が飛び散った。

地球が壊れそうなくらいの地響きをたてて、日村が転がった。

次の瞬間、冷蔵庫が唸《うな》り出したので、貴美子は両手で自分の口を覆って飛び上がった。口に日村の血糊《ちのり》がつく。「ああ、ああ」という悲鳴が、間断なく口からもれた。この男に抱かれて、絶頂を迎えたときと同じ声だった。

そう気づいたとき、激しい嫌悪が脳からあふれて全身を満たす。

貴美子は口を閉じ、息を整えると、床に置いたバッグを拾いポケットティッシュで顔に付いた血を拭《ぬぐ》った。

ごろりとあおむけに倒れている日村が、世界で一番みにくいものに思えた。マグロは、あんたよ。あんたなんか、死んで良かったのよ。

魔法みたいに冷静になって、貴美子は血の付いたティッシュをポケットに突っ込むと、日村のマンションを出た。指紋を拭《ふ》きとることはしなかった。彼女は日村のセフレだから、ここに指紋が残っていて当然だからだ。

＊

喫茶店の、一番奥のテーブル。

水を入れたグラスに、貴美子の犯行の一部始終が映し出されていた。

貴美子は、震えている。

カエデとこんちゃんは、顔を見合わせた。狸穴屋は腕組みをして、睥睨《へいげい》するようにテーブルを囲む三人を見渡した。マジシャンみたいに得意げな顔をしている。この真相は決して見世物ではないのだから、狸穴屋の勝ち誇った姿が貴美子に見えなくて幸いだとカエデは思った。

「こんなのうそよ！」

貴美子は立ち上がり、それがあんまり急だったために椅子が後ろにひっくり返った。耳を覆いたくなるような音が響き渡る。

店に居た客たちは、びっくりしてこちらを見た。

その全員に敵意を剝《む》きだしにした視線を投げて、貴美子は駆けだす。

だけど、彼女の逃避行はほんの二、三歩で終わってしまった。

ドアに取りつけたカウベルが、牧歌的な音を立てる。

入って来た二人の男性客は、カエデたちが最近会った人たちだった。

私服の警察官である。

貴美子は勢いあまって彼らのふところに飛び込むかっこうになり、あっけなく逮捕された。日村が意識を取り戻し、自分の身に起きたことを証言したのだ。凶器のペーパーウェイトから見つかった貴美子の指紋も、狸穴屋が見せた水鏡の真相と同じことを物語っていた。

「また、あんたたちですか」

警官たちは、カエデとこんちゃんを見て、本当にあきれた。

この信金カップルは、どうして警察の行く先々に現れるのか。しかも、必ず一歩先に居る。

「サスペンスドラマの真似ですか」

「そんなことないです」

こんちゃんが、慌てて両手を振る。

「ひょっとして、アガサ・クリスティーの書いた、おしどり探偵の『トミーとタペンス』とか、意識してます？」

「読んだことないです」

カエデも、こんちゃんといっしょに両手を振る。

「ともかく、今後はやめてくださいね。こちらの仕事の邪魔になりますし、危険ですから」

「はい、決して」

井上洋太がパワハラから解放されたので、もうカエデたちが首をつっこむ理由はなくなったのである。


洋太は両親に連れられてカエデたちに挨拶《あいさつ》に来た。

場所は国際《こくさい》ホテルのラウンジだった。

なるほど、頑固おやじらしい洋太の父は、真面目くさった顔でカエデたちに頭を下げた。あたまのてっぺんがうすくなっているのが、この厳格そうなおじさんの唯一のチャームポイントだなあとカエデは思った。

「このたびは、うちの息子のために、大変なお骨折りをいただいたということで、お礼の言葉もございません」

おつかいもののマカロンを前に、カエデとこんちゃんはしゃっちょこばった。痴漢事件から始まる一連の騒動にかかわった経緯は、話したくても話せない。おせっかいで、お天気屋で、わがままで、横暴な江戸時代生まれのお嬢さまに強要されたなんて白状したら、せっかくの平和的な空気が台無しである。怒りん坊らしいおじさんは、おちょくっているのかと逆上しかねない。

「会社、辞めることにしました」

ぎこちなく笑いながらいう洋太に、カエデたちは虚をつかれた。

「ええ？」

日村は、事件がショック療法となり、洋太への仕打ちを反省しているという。だったら、洋太が心配するようなことは何もないはずである。むしろ、誠意のある謝罪をされてしかるべきだ。

カエデがそう主張すると、怖そうなお父さんと、洋太に似たお母さんが、ちょっと嬉《うれ》しそうに顔を見合わせた。

「この子はもう充分に我慢しました」

死を思い詰めるほど、耐えた。それは実際に死にかけた日村など、くらべものにならないほどの苦痛だったはずだ。

「理屈では、どうとでも解決できるでしょうけど……」

お母さんが口ごもると、洋太は「無理なんです」と困ったように笑っていった。カエデたちと視線を合わせられずにいるのが、なんだか不憫《ふびん》だった。

「日村さんのそばで働くの、もう無理なんです」

「そうだよね」

カエデがいった。こんちゃんも、同じ言葉を繰り返した。

「わたしの弟がいわきでコンビニエンスストアをやっておりまして。しばらく、そっちで働かせることにしました」

お父さんがいう。働かせるといういい方がちょっと気にかかったけれど、何もかもがいっぺんに変わるのは難しいのだろう。両親との距離も、洋太の覚悟も、洋太の独立も、こつこつ築いてゆくよりない。カエデはそう思って、くっと笑顔をつくった。

「お元気で」

手を差し伸べると、両手で握り返された。

その手が思ったよりもずっと逞《たくま》しかったので、カエデは心強く感じられた。

「洋太さんの洋は、前途洋々の洋です」

カエデがいうと、親子三人はぱあっと顔を輝かせた。それはほんのささやかだったが、魔法の言葉だったのかもしれない。

*

痴漢事件が解決したのに、こんちゃんは相変わらず地下鉄通勤のカエデを送り迎えしている。カエデも、相変わらずずんだ餅《もち》を食べ続けている。ずんだ餡《あん》には、くせになる美味《おい》しさがあると思う。

「狸穴屋さん、あれからどうしたかしら？」

「心残りだった井上くんのことも解決したし、天国に行ったんじゃないのかな」

「そうかなあ」

そんなあっさりした性格とは、思えないのである。

「こんちゃん、五百円玉持ってる？」

「あるけど、どうるすの？」

「こんちゃんが落としたら、わたしが拾ってネコババします。——はいはい、離れて離れて。五百円玉、落として落として」

「いいけど——」

地下鉄のホームで、カエデが（こんちゃんがわざと落とした）五百円玉を拾おうとしたら、降り立った熟年カップルのおばさんの方に拾われた。

おばさんは五百円玉をにぎって、さっさとエスカレーターの方に行ってしまった。カエデは「あっ」といって、口に手を当てる。

「舞妓《まいこ》さんに会うの忘れた」

「カエデさん、そんなことして、もし痴漢に遭ったら……」

心配そうにいうこんちゃんのとなりに、狸穴屋が忽然《こつぜん》と出現している。

「うわ！　びっくりした！」

「なに？　カエデさん、なに？」

おろおろするこんちゃんのとなりで、狸穴屋は莞爾《かんじ》と笑った。

「狸穴屋さんがここに居るってことは、地下鉄に痴漢は居ないってことですね。狸穴屋さん、改心したんですか？」

「なにをいうか」

狸穴屋はカエデのおしりを撫《な》で、しかし幽霊だから互いに何の感触もない。

カエデは目をいからせ、狸穴屋は無念そうに自分の手を見つめた。

「女性《にょしょう》は触られてこそ、女性。いやよ、いやよも、好きのうち。小学生のときにスカートめくりされなかった女の子は、一人、ほぞをかんでいただろうが」

「また勝手なことをいってるよ。百年の懲役で、ゆっくりじっくり反省してください」

「これを、あげよう」

狸穴屋は和服のたもとから、櫛《くし》を取り出した。

幽霊の持ち物なのに、カエデの手に触れたとたんに実体化した。いや、そもそも気体ではなく固体だった。幽霊が物体を持ち歩けるとは、新鮮な驚きである。

「ありがとうございます。きれいですねえ」

江戸時代の女性が使っていたような柘植《つげ》の櫛で、花の模様が描かれていた。白いユリに似た繊細な花が、いくつも重なって咲いている。櫛のデザインはゆかしいけれど、花の柄は現代的に見えた。

「この模様は、何の花ですか？」

カエデが問うが、答えがない。

顔を上げて見た先に、狸穴屋の姿はなかった。

代わりに、お鈴が立っている。

可愛い口を、「へ」の字に曲げていた。

突然の登場に驚くカエデを、お鈴はバカにするような目で見た。

「それは、ダイヤモンドリリー」

「ほほう、ぴったりな名前ですね。いいもの、もらっちゃった」

「バカね」

カエデは喜んだが、お鈴は細い鼻孔をひくひくさせて怒った。

「やってくれるわよ、あのひひじじい。ダイヤモンドリリーの花言葉は、何だと思うの」

「知りませんけど。何なんですか？」

「また会う日を楽しみに」

お鈴は幽霊っぽく、うらめしそうな声でいった。

狸穴屋彦衛門は、まんまと逃亡したのであった。

第二話　それも、自由

1

小春日和の日曜日である。

ホテル勾当台《こうとうだい》一階にある洋食レストランに、緊張した笑みと、穏やかだが腹の探り合いのような言葉を交わす五人の男女の姿があった。

村田カエデと、母の孝子。

カエデの恋人、こんちゃんこと紺野守《こんのまもる》と、その両親。

見晴らしのよい窓からは勾当台公園の木立を借景に、やわらかい日差しが射す。

それは結納を兼ねた昼食会で、紺野夫妻は今朝の新幹線で花巻からやって来た。少年時代から、頼りになる息子のことだから、嫁選びも心配ないと思っていた。「結婚したら、お嫁さんの顔を見せに連れて来なさい、それで充分」なんて、余裕綽々《しゃくしゃく》な話ばかりしていた。だから、カエデに会ったのは、今日が初めてである。

まあまあ、気立てのよさそうな娘である。

まあまあ、器量の良い娘である。

まあまあ……あとはこれといって美点がない。

粗忽《そこつ》そうなところが、気にかかる。夫となる守に対して、尊敬に欠けているような気がする。家事全般、得意なことがないという。趣味はテレビ鑑賞？　もう少し高尚な趣味を持てないのだろうか。それより気になるのは、父親なる人物がこの場に居ないことだ。

紺野夫妻は、悪しき偏見の持ち主ではない。頭の固い頑固者でもない。

だから、カエデの父親が病没したことに、心からのお悔やみをいいたい。

カエデが二歳で両親が離婚したのも、お互いの事情だったのだろう。

だが、その事情である。

聞けば、カエデの父親は自称・脚本家で、その実、お金になる仕事は一度もしたことがないというではないか。妻子を持っても定職につかず、妻に別れを切り出されても奮起もせず、さりとて脚本とやらを書くでもなしに、パチンコで当てた金で食べていたというではないか。

甲斐性《かいしょう》無しである。怠け者である。遊び人である。

そんな人間の血を引く娘を、一人息子の嫁に迎えていいものだろうか。

紺野夫妻が互いの渋い気持ちを読み合って、今度のことは持ち帰って検討する……という方向に持っていこうとしたときだった。

当の、問題の嫁が、何かの発作でも起こしたみたいに、突如興奮して立ち上がった。はずみで、ベリーと生チョコレートとアイスクリームを載せたデザート皿が、ものの見事に床に落ちて嫁の服と靴を汚す。

それなのに、視線はどこか遠くを……窓の外に泳いでいる。

「狸穴屋さん?」

嫁は、正体不明のあやしげな名を唱え、口をあんぐり開けた。

磨きあげられたガラス窓のむこうを、和装に山高帽の老紳士が、ステッキを振り回して走っていた。和服の裾《すそ》から、細い脚がはみ出して、駆ける駆ける駆ける……。まるで、アニメのトムとジェリーだ。

「狸穴屋さん、やっぱり成仏してなかったんだ」

ネズミのように逃げる狸穴屋。

それを、ネコのように追う者が居る。

桃割れの日本髪、ぽっくり下駄《げた》をはき、振袖《ふりそで》とだらりの帯をなびかせて、オリンピック選手のようにすばらしいフォームで疾走するのは、末広屋のお鈴。老いてはいるものの、元気な岡っ引きのように付き従うは、番頭の重兵衛である。

ぱんッ!

お鈴が蜘蛛《くも》の糸を投げる。御利益本舗の、あのねばねば糸のお守りである。

狸穴屋は、幽霊といえどもそれはないだろうと思えるほどの跳躍を見せる。ねばねば糸は、狸穴屋にではなく、通行人の頭上から降り注ぎ、腕を捕らえ、足を捕らえた。

ＯＬと親子連れと散歩中の中年婦人が、お守りの糸にからめられて動けなくなる。さながら、蜘蛛の網にかかったチョウチョウのごとしである。ベビーカーの中で子どもが泣きだし、ＯＬが悲鳴を上げた。

そんな悲惨な状況を作り出しておきながら、追跡劇を繰り広げる幽霊たちは、一顧だにせず、逃げる逃げる、追う追う——。

これは、まぎれもない超常現象である。カエデ以外の人には、逃げる狸穴屋の姿も追うお鈴たちの姿も見えていないのだから。

そして、一行はどんどんこちらに近づいて来る。

狸穴屋は陸上選手がハードルを跳び越すみたいに、ホテルの前庭の低い塀を飛び越え、ちょうど外へと出て行った人と自動ドアのところですれ違うようにして、レストランの中に乱入してきた。

お鈴主従は、ガラスのドアにべたっと貼り付いた。幽霊には体重がないので、ドアが開かないのだ。

「カエデ！　つかまえて！」

後になって、居てもたってもいられないほど悔やむことになったのは、カエデがそのときにどうしてねばねば糸のお守りを持っていたのかということである。

単に、紺野家の両親との顔合わせが無事に済みますようにと、たまたま家にあったお守りを持参したのだった。前に本当寺で狸穴屋を捕らえることを画策したとき、お鈴からどっさりとあずかり家に持ち帰っていたのである。

ねばねば糸のお守りには、御利益はない。これは悪霊を捕らえる道具だからだ。

さりとて、常識を超えた効果を持つ。

それが、カエデの意識に作用したのだろうか。

カエデは、自動ドアに貼り付いたお鈴主従を見る。

和服の裾を乱して、こちらに来る狸穴屋を見る。

そして分別をなくした。

「止まりなさーい、狸穴屋さーん！」

ビーズの小さなバッグを開けてねばねば糸のお守りを取り出すと、カエデは百戦錬磨の兵士が手りゅう弾のピンを外すように、奥歯でその紐《ひも》を噛《か》んで外し、投げつけた。

「止まれといわれて、止まるものかい！」

ひょいと身をかわす。

ねばねば糸の雨は、狸穴屋を外れてこんちゃんの父を直撃した。

「ぶわっ！」

こんちゃんの父は変な悲鳴をあげる。

「カエデ！」

母の孝子が金切り声で叫んだ。

けれど、狩人《かりゅうど》の本能が引き出されたカエデには、自分たちのテーブルで起こった惨劇など目に入らなかった。――アイスクリームと生チョコとベリーとこんちゃんの父が、蜘蛛の糸で渾然《こんぜん》一体に縛られてしまった惨劇が、である。

ほかの客たちは、恐れをなして店の外へと避難する。

狸穴屋は自動ドアが開いたのを見て、再び戸外へと飛び出した。

カエデも、追う。

ガラスに貼り付いていたお鈴たちも、すばやく追跡を再開する。

「カエデ、お守り！」

お鈴が差し出したお守りを、カエデは走ったまま、リレー選手みたいに振り向きもせずに受け取った。

狸穴屋は勾当台公園の鳩を驚かし、高い水しぶきを上げて池を横切り、階段を上り、ベンチからベンチへと飛び回り、音楽堂の舞台に上がり、降り、また上がり、観客席の通路を突っ切って走った。

勾当台公園は、杜《もり》の都を象徴する中心街の公園だ。官庁街と商業地を結ぶ位置に広がる緑地は、ちまたの忙しさを中和する役割を果たしている。その平和な空間が、超常世界の一同とカエデによって、にわかにかき乱されている。

「待ちなさーい、狸穴屋さーん！」

幽霊主従とともに、カエデは狸穴屋を追う。追うったら、追う。

しかし、かえすがえすも、野次馬たちの目に見えるのはカエデの姿ばかりだ。

ほかの客たちと一緒にレストランから出て来た孝子とこんちゃん親子は、唖然《あぜん》として
カエデを目で追っている。乱心したとしか見えない、その姿を。

「えい！」

「えい！」

「えい！」

狸穴屋に向かって、カエデはお守りを放つ。

鳩だけではなく、カラスの群れまでが怯《おび》えて飛び上がり、けたたましく鳴いた。

おびただしい粘着性の糸が、カエデの走った後に残される。

そして、狸穴屋はベンチから飛び上がったところを、とうとう捕らえられた。

「でかしたわ、カエデ！」

お鈴が、叫ぶ。

スカッ！

会心のハイタッチは、お互いの手を通り過ぎたが、二人は満足して微笑み合った。

そして、カエデは遠くに居る母を見た。

孝子は、彫刻のように凝固していた。

こんちゃんの父は、デザートといっしょにねばねばの糸で上半身が雁字搦《がんじがら》めになっている。奥さんと息子が、それを外そうと悪戦苦闘していた。ときおり、こんちゃんがすがるような目で、こちらを見る。

「まずい……」

休日の公園に居た多くの人たちの視線が、やはりカエデひとりに集まっていたのだった。

＊

結納お食事会の一張羅のままで、カエデは本当寺に逃げてきた。

レストランと公園で繰り広げた大捕り物の事後処理は、とうていカエデの手には負えなかったのだ。だから、逃げるしかなかった。

――あんたね。子どもじゃないんだから、気に入らないなら気に入らないって口でいいなさい。何なの、あの問題行動は！　紺野さんのご両親、怒って帰って行ったわよ！

母に電話すると、こちらが声を発することもできないくらい、猛然と怒られた。

「あの……」

――あんな大事件を起こした後で、どこをほっつき歩いてるのよ。すぐに帰って来なさい。あんたなんか、夕飯抜きよ！

「夕飯抜きだったら、どこかで食べて帰るから」

それに、これから狸穴屋のお取り調べがあるのだ。

「これから、用事があるんだよね」

――あのねえ、カエデちゃん。

母の声は、嫌味たっぷりの猫なで声に変化する。

――自分の結納より大事な用事って何よ。教えてもらいたいもんだわね。

二百年間、この世をさまよっていた悪霊が、まだウロウロしている。善良な市民に取り憑《つ》き、痴漢をさせるようなエロじじいの霊だ。これは大事件だとは思いませんか。……ともいえない。

そこへ、お鈴が出現した。

映画のフィルムの中に、異界のものが映り込んだかのように、突如として、だ。

「うお、びっくりした」

――カエデ、ふざけた声でごまかしてもだめよ！　いいから、早く帰っ――。

その先は聞こえなかった。お鈴がスマホを取り上げて切ってしまったのである。

「さっさとしなさい。あんまり、ひとのこと待たせるんじゃないわよ」

ひどい……。

狸穴屋確保の高揚感から覚めたカエデは、今さらながらにお鈴の仕打ちを恨んだ。

「ひとの結納をぶっつぶしておいて、何をいばっているんですか。わたしに、ごめんなさいとか、いう口はないんですか」

お鈴は、そんな口は持ち合わせていないようである。

ヒュードロドロ、うらめしや、という感じのポーズをとったお鈴に追い立てられて、カエデは墓地の中にある築山《つきやま》にあがった。お鈴の墓のある築山は、住職がベンチを置いたので、なかなか心地好《よ》い場所になっていた。ただし、初冬の風は冷たい。ナナカマドの赤い実が揺れていた。

そこで、狸穴屋が、江戸時代の罪人のごとく縛についていた。……つまり、縄で縛られていた。

「狸穴屋さん、成仏しないんですか？」

そういうと、狸穴屋は迷子の犬みたいに可哀想な目でカエデを見上げた。

「子孫のことが気になって、あの世に行けないんだよ」

「また、そんなこといって。前は井上洋太さんのことが気になってたんですよね。世界中の人が子孫のことを気にして成仏できなかったら、あの世はからっぽになっちゃいますよ」

カエデはあきれたようにいう。

狸穴屋はショックを受けたらしく、声を震わせた。

「おまえさんだって、夜中に便所の電気を消したか気になったとき、確かめにも行かないで、すんなり眠れないだろうに」

「眠れますよ。今年のお正月に家じゅうの電球をLEDに換えたんで、消し忘れても電気代がそんなにかかんないんです」

「眠れないわよ」

横合いから、お鈴がいらいらと口をはさむ。

「カエデ、何とかしてあげなさい」

「なんで、わたしが」

「あんた、わたしの奉公人でしょ」

お鈴が当然のことのようにいうので、頭にきた。

「ちがいますから。わたしは、これからこんちゃんとの結婚をひかえて、いろいろ忙しいんですよ。人生で一番楽しいときに、なんでひひじじい幽霊の世話なんかしなくちゃなんないのよ」

「まあ、ひどい……」

お鈴が小さな手を口に当てて、極悪非道の悪党を見るような視線をよこす。

狸穴屋が、「よよよよ……」と泣き出した。

「カエデさん、いくらなんでも、いいすぎでは……」

重兵衛まで、そんなことをいい出す。

「いいすぎじゃありません」

カエデは入浴後に牛乳でも飲むように、腰に手を当てて胸をそらした。

こんちゃんの両親との初コンタクトを思いっきり邪魔しておいて……。

結納お食事会を、ぶち壊しておいて……。

そもそも、この幽霊《ひと》たちは、なんで大事な会食をぶっ潰《つぶ》しに来なくてはならなかったのか？　いや、そもそも、カエデが無視してさえいればよかったのだけど。

だけど――。

「わたしが悪いみたいにいうの、やめてくださいよ」

カエデが声を荒らげると、狸穴屋は世にも悲しい嗚咽《おえつ》をもらした。

「よよよよ……」

「信じられない鬼畜生ね、あんたは」

自分でミノムシみたいに縛っておきながら、お鈴は狸穴屋の頭を「よし、よし」と撫《な》でた。

やせたおじいさんが、肩を震わせて泣く姿は、哀れさをもよおさせる。

「わたしは神さまじゃないんですから、亡くなった人の願いをいちいち聞き届ける義務はありません！　だいたい、前に井上洋太さんに取り憑いて痴漢させていたときだって、このパターンだったじゃないですか」

そういってみて、カエデはハッとした。

幽霊が見えて、彼らの意思を伝える人間がいなければ、お鈴も狸穴屋も欲求を実現させることはできないのである。彼らだけでは、いくら頑張ってもたたるとか呪うことしかできない。さもなければ、夢枕にたってトイレを占拠するとか、取り憑いて痴漢をさせるとか。そもそも……狸穴屋が井上洋太に痴漢をさせても、問題は少しも解決しなかった。

（しょうがないなあ）

カエデはお手上げのポーズをしてから、いやそうにうなずいて見せた。

「あーあ。わかりましたよ。はいはいはいはいはいはいはいはいはい」

「はいは、一回」

お鈴が、ぴしゃりという。

「はーいはい」

狸穴屋がいうことには、彼の子孫は武藤逸子《むとういつこ》という女性ただひとりなのだそうだ。

狸穴屋の血脈は、まさにとだえようとしている。

（でも――）

そういう人は、たくさん居るでしょう。それで迷っていたら、この世は幽霊だらけですよ、とカエデは思った。思っただけで口に出さずにいたら、狸穴屋が先にいった。

「それはいいんだよ。ただね、ぼくは逸子が不憫《ふびん》でね」

狸穴屋の子孫は他にいない。つまり、武藤逸子は天涯孤独の身なのである。

独身で六十四歳。

「去年、大病をわずらって、今は闘病中なんだ」

「そうなんですか」

かたくなになっていたカエデの心が、急にほどけた。天涯孤独な初老の女性が、病気をかかえている。そうと聞いていけずな態度をとれるほど、カエデは不人情ではなかった。それでいて、自分の気持ちの変化や態度の変化が、どこかまちがっている気もした。でも、何がまちがっているのかは、わからない。

「あれは人嫌いなやつでね、病気をしたら、ますます拍車がかかってしまった。付き合いをしている親戚《しんせき》はなく、友だちも居ないんだ。病気をしたと知らせる相手すら居なかったんだから」

「そうなんですか」

カエデは、同じ言葉を繰り返した。

「このまま、だれも寄せ付けないで、一人で死んでゆくのかと思ったら、可哀想でね」

可哀想でね。

狸穴屋の言葉を胸の中で転がしてみる。

心がざわめいた。カエデは、それが逸子という人への同情なんだと思った。

「かつては狸穴妓《ぎ》楼《ろう》の大旦那《おおだんな》といわれた自分の血筋が、こうして滅んでしまうとは情けない……」

それはちがうだろう。

逸子と狸穴妓楼は無関係だ。

子孫が祖先の矜持《きょうじ》に縛られなければならないなんて、カエデは少しも同意できなかった。

だから、意地悪な気持ちがぶり返す。

「劣情にまかせて、罪もない人に取り憑いて、女の人のおしりに触ってる方が、よっぽど情けないと思いますけど」

「おおおおぉ」

狸穴屋は、泣き声をあげた。こんどは、明らかにうそ泣きだった。

「カエデ、あんたには思いやりってもんがないの？」

「自分だって懲役百年をいいわたしたくせに」

カエデはぶつぶついった。

お鈴は、カエデのスマホを勝手にいじって、『かたみ屋』というアンティークショップを表示させる。

かたみ屋とは、これまたストレートな屋号だ。骨董《こっとう》趣味のお客が亡くなったら、そのコレクションを仕入れて、また別のお客に売るという意味なのだろう。これといって集めているものもなく、寿命が尽きるにはまだ遠い二十代のカエデには、〝かたみ〟という言葉に実感がわかない。

「逸子さんは、ここの常連なのよ。あんたは、逸子さんの心を開いて、せめてたった一人の友だちになってあげなさい」

「でも、なんでアンティークショップに？　病院にお見舞いに行くんじゃないんですか？」

「すべての病人が病院に居ると思ったら、大まちがい。病院のベッドってのは、そんなに余裕があるもんじゃないのよ」

お鈴は幽霊のくせに、カエデより世事に通じている口ぶりでいった。

「それに、病気をしたからっていつも病人モードで居たんじゃ、それこそ身がもたないわ」

「へえ、そんなもんですかね」

病気といったら、風邪と風疹《ふうしん》くらいしか覚えのないカエデには、やっぱり他人事《ひとごと》だ。

そんなカエデを、お鈴はじっと見た。幽霊であることは別にして、表情が読めないのが、ちょっと怖かった。

「今は自宅療養中だそうよ」

「カエデさん、お願いしますよ。逸子を看取《みと》ったら、ぼくも成仏するから」

狸穴屋がそんなことをいい出すので、カエデはあきれた。

「看取るまで居る気ですか？」

「それは、ダメよ」

お鈴は、ぴしゃりといった。

2

土曜日、こんちゃんと二人で市バスに乗って八幡《はちまん》に出かけた。駅のバスプールの乗り場と発車時刻までお鈴に指定された。

——遅れたら、承知しないわよ。

——どういうことですか?

——わたしのいうとおりにしなけりゃ、逸子さんと会えないってことよ。

いうとおりにすれば、たまたま偶然に武藤逸子と出会えると? 幽霊とはいえ、相変わらず不気味なんだか、身勝手なんだか。世界はお鈴の思うとおりに回っているのか?

さりとて、八幡まで出かけるのは、やぶさかではない。

めったに行く機会がないけど、八幡は好きな街だった。仙台市内をぐるぐる流れる広《ひろ》瀬《せ》川《がわ》が、こっちにも来ていて眺めがいい。国宝の大崎《おおさき》八幡宮もある。目抜きのバス通りは活気のあるスーパーや個人商店やらが並び、通りをはずれると、坂道のある落ち着いた住宅街が広がり、学園都市でもある。出歩くのが楽しくなる、住みやすそうな街だ。

「最初に採用されたのが、八幡支店だったのよ。通いやすくて良かったなあ」

「カエデさんの家に近いもんね」

「近いとかえって、わざわざ出かけて行かないんだよね。長町支店に異動になってから、初めて行くよ」

「ぼくなんか、七年も仙台に居るけど、行ったことない」

「マジでえ？　こんちゃん意外に出不精？」

出不精といってから「デブ症」と聞こえなかったかと、ぽっちゃりなこんちゃんの横顔を見ながら思う。幸いにも、善良なこんちゃんの耳には悪いフィルターは付いていないみたいだ。

「知らない場所って、けっこうあるんだよね」

「じゃあ、もっと二人で街歩きしようよ」

「そうだね。これから住む場所も、探さなきゃいけないしね」

こんちゃんとスマホの地図を見ながら歩いた。

「ねえ、こんちゃん。ご両親、わたしのこと、怒ってなかった？」

カエデは、口に出すのをためらっていた問いを、おっかなびっくり発した。結納を兼ねた顔見せ食事会では、紺野夫妻がいかにカンカンであったかは、母の孝子からもう勘弁してくれというくらい聞かされている。

「あー。あはは……」

優しいこんちゃんは、困ったように笑い、言葉を選び選び答える。

「カエデさんのことを、ちょっと誤解したみたい。一度、実家に帰って、ちゃんと話し合わなきゃと思ってるんだ。カエデさんは、あのとき事情があって……ええと、その……」

こんちゃんは、自分が失敗したみたいに口ごもった。

「人のせいにはしたくない……っては、いえないなあ。お鈴さんは、最初からわたしを巻き込むつもりで、あそこで大立ち回りをやらかしやがったんだもん」

「カエデさんは、お鈴さんに本当に頼られてるんだね」

「頼られているってより、取り憑《つ》かれているのよ。幽霊だけに」

かえすがえすも、あのときは無視しておけばよかったのだ。

結婚相手の両親との初コンタクトを邪魔しておいて、頼みごともあったもんじゃない。そう憤慨しながらも、今日も今日とてお鈴にいわれるまま、休みをつぶして……。

「あった、カエデさん。ここだよ」

かたみ屋は、目抜き通りの表具店と花屋にはさまれて、こぢんまりと店を構えていた。壁には西洋の古い街並みに見るような、繊細なデザインのスチールの看板がかかっていて、サッシではないガラス戸の外には、葉牡丹《はぼたん》の鉢が置かれていた。看板は草書というんだか行書というんだか、カエデには読めない字で、たぶん『かたみ屋』と書かれているのだろう。スマホの地図と、窓からのぞいて見た感じで、そう判断した。

「すてきだね」

店の様子を見て、不平は消えてしまった。性懲りもなくお鈴にこき使われ、ご機嫌になると、すぐに夢中になる。ニワトリにも負けない鳥アタマのカエデである。

さりとて、そこは乙女の桃源郷だった。

アンティークのお皿、ガラス器、子ヤギが隠れていそうな大時計、木目がちょっとざらざらした木の机、猫脚のテーブル、手作り感が残るチェストと椅子、ステンドグラスの電気スタンド、ベルベットを張ったソファ、銀のカトラリー、ラッパ型ホーンの蓄音機、真空管ラジオ、ガラスのアクセサリー、さまざまな万華鏡、季節の風景を閉じ込めたスノードーム、くるみ割り人形、「動くのか？」と心配になる扇風機、「動いたりして？」と心配になるビスクドール……。

「このスノードーム、めっちゃ欲しい。三個セットで、一万五千円か」

カエデは財布の中身を慮《おもんぱか》って、苦悩を顔に表す。

そこにスーツケースを引いたお客がやって来た。六十年配の女性で、ベリーショートの頭に黒のニットワッチをかぶり、なかなか小粋な装いである。

「おや、武藤さん。いらっしゃい」

トナカイの絵柄のセーターを着た店主が、家族に向けるような笑顔で新来のお客を迎える。

（武藤……ん？）

「ひょっとして、武藤逸子さん？」

思わず口に出してから、カエデは慌てて口を押さえた。

いかにも、ニットワッチの人は狸穴屋の子孫の武藤逸子当人らしく、けげんそうにカエデの方を向く。

（しまった。やっちゃった……）

見も知らぬカップルの片割れに名前を呼ばれたら、不審に思って当然だ。カエデは慌てた。

「あの……あの……あの……」

「SNSで、こちらのお店によく来ると書かれていたので」

こんちゃんが早口でいった。

逸子がSNSをしていなかったら、アウトである。

こんちゃんと二人で笑顔をフリーズさせていたが、逸子がパッと破顔した。

「あらー、今朝の書き込み見たの？」

はいといいえのはざまで、こんちゃんが福々しい顔を引きつらせている。トナカイセーターの店主が、ポケットからスマホを取り出した。

「武藤さん、SNSしてたの？　そんな年甲斐《としがい》のないことしてたなんて、知らなかったあ」

「失礼ね。武藤逸子で、ちゃんとアカウントあるわよ。アカウントって、〝垢《あか》〟とかいうんでしょう、知ってるんだから。還暦超えをなめるんじゃないわよ」

「あったあ。うちの店に来るって書いてある。お皿売るって書いてある。すごい、すごいよ」

店主は目を輝かせて、カエデたちを見た。

「これを見て、うちに来てくれたんだ？　インターネットってすごいねえ」

「それより、商売、商売。今日は、ちょっといいものを持って来たんだから」

逸子はスーツケースを開けて、レジが置いてある木製の小さな机の上に、皿や、ぜんまいの置時計などを並べ始めた。不審者確定の危機を脱したカエデは、またしてもすっかり気持ちがリセットされて、逸子の持参した商品に目が引き付けられる。

「うわ、この白いボウル、すてき。ちょうどペアになってるよ。サラダを入れてもいいし、肉じゃがとかでも美味《おい》しそうじゃない？」

「お嬢さん、お目が高い」

逸子が、おばちゃんらしくカエデの二の腕を「ぽんッ！」とたたいた。

「これはドイツ製の――あれ、何だったかしらね。ともかく、品物がいいんだから。わたしには、ちょっと重たいのよね。年寄りは、いろいろ大変なのよ」

「これ、ください。ペアで」

カエデが財布を出すと、店主が慌てた。

「待って、待って。まだ武藤さんから買ってない――。いやいや、お客さんの目の前でやり取りしたら、うちのもうけがバレちゃうよー」

「なら、店長がわたしから買い取って、そしてこちらの二人にプレゼントしちゃうとか？　だって、あなた方、新婚さんでしょ？」

いそいそと寄り添って家財道具を買いに来るカップルというのは、正体がすぐにばれてしまうものらしい。カエデは逸子の炯眼《けいがん》におどろき、こんちゃんは照れた。

「はい、実は——。婚約中で、結婚式は未定で、新居も未定で——」

「おめでとう！」

逸子は盛り上がって、店長と二人で拍手をした。

「この辺はいいわよ。ねえ、店長」

「そうだね。八幡は環境がいいねえ。仙台に住むなら、八幡はおすすめだなあ」

「たしかに。ぼくはずっと長町の独身寮に居るんですけど、伝統的なのに新しいこの感じは新鮮です」

「古くから開けた場所だからね。ぼくは学生時代にここに住んでから、すっかりほれ込んでね。引っ越しは何回かしたけど、この街から離れたことがないんだ」

店長が地元自慢をしながら、逸子の持ち込んだ品を買い取ってゆく。

ちょっと安すぎるわよと文句をいう逸子の様子を、カエデたちはそれとなく見守った。

狸穴屋の話を聞いて、今にも死にそうな人を想像していたけれど、逸子は健康な人と見わけがつかない。いや、いかにもきびきびして、理想的に年を重ねているように見える。

「結婚したら、仕事はどうするの？」

逸子がカエデに、興味津々といった顔色で訊《き》いた。

「専業主婦になるつもりは、ないです。炊事も家事も、こんちゃんの方が得意だから、わたしなんかが専業になってもおこがましいというか……。看板に偽りあり、みたいな。あ、こんちゃんというのは、この人のことです」

カエデが、こんちゃんのひじをつかんで揺すった。

「結婚というのは、ゴールインなんていうけどさ。ゴールじゃないよ、スタートだよ。そこを間違えると、息切れするからね。結婚生活は、ゴールのないマラソンだ。走るのも大事、休むのも大事。二人三脚のときもあるし、片方が片方を背負って走ることもある。うまくゆくコツはね、あんまり深く考えないこと。そりゃあ、将来設計は大切だよ。だけど、あんまり先のことを考えると、プレッシャーで気持ちがぺしゃんこになる」

店主が、さとすようにいった。先輩ぶるのが、気分よさそうである。

「今はお互いに大好きでも、いっしょに暮らすうちに何でもなくなるのよ。そのうち、顔を見るのもいやになるかもしれない。新婚当初の、アツアツの自分が、信じられなくなったりしてさ。わたしの友だちの八十パーセントは離婚しているわよ」

逸子がにやりと笑った。

真面目に聞いていた二人は、おそれを成して互いの顔を見る。

「えー。結婚するの、やめとこうかな」

「だめだよ。ぼくに、一生、ひとりで居ろっていうの？」

「あらあら」

逸子がはしゃいだ。

「あなた以外に、結婚相手は居ないっていったわよ、この人」

「彼氏は彼女のこと、本当に好きなんだね。愛しているんだね」

店主が合わせた両手を頰に当てて、うっとりしたようにいう。カエデは、初対面の人にこんなに祝福されて、感激した。

「結婚祝いだ。持ってけ、ドロボー！」

店主がそういって、生成りのリネンに花柄の刺繡《ししゅう》をほどこしたテーブルクロスを、カエデの腕に押し付けた。乙女チックなヨーロッパ調で、カエデよりもこんちゃんが好きそうなデザインである。

こんちゃんが自分のお弁当包みに、ひそかにクローバーやテントウムシの刺繡をしているのを、カエデだけは知っている。そんな目利きのこんちゃんだから、店主の大盤振る舞いにビビッていた。

「こんな高そうなもの、いいんですか？」

「いいのよ、三十年も売れずに店にあるんだから」

逸子は、おおいばりでいった。店主はちょっとだけ、惜しそうな流し目をくれる。

カエデは、ペアの白いボウルとテーブルクロスを、いそいそとトートバッグにしまった。思わぬいただきものである。……情けは、人のためならず。

「このお店の屋号の――かたみ屋さんってのは、やっぱり亡くなった人の形見……の〝かたみ〟なんですか？」

カエデが訊くと、店主と逸子は二人とも自信たっぷりにうなずいた。

「ペットと暮らし始めるときなんか、自分が神さまからこの子を託されたんだって思わない？　だから、幸せな一生をおくらせる義務がある。最期を看取《みと》る義務がある。あの子たちは、一生をこちらに捧《ささ》げてくれたんだからね」

店主がレジ机の上の写真立てを指さした。白いフェレットの写真が飾られていた。

それを受けて、逸子が話し出す。

「身の回りの品も同じなのよ。日本人には、むかしから〝もの〟には魂がやどるって考え方があるけど、わたしはそれに賛成です。小さいころからね、例えば自分とクラスメートが同じ鉛筆を持っていたとしても、自分のものは自分のもの。世界に一つしかないんだと思っていた。魂が宿っているのを、漠然と感じていたのよ。

それから大人になって、わたしはシンプルな生活をするようになりました。仕事が忙しくて楽しかったし、自分も若くて……少しはきれいだった。だから、自分が居れば足りていたの。

ところが、年を取って隠居すると、自分自身や生活から彩りが消えてゆくのよね。だから、自然と、それまで必要としなかった小物や雑貨や調度品が欲しくなっていったのよ。ここで売っているみたいな、ちょっとしたすてきなものに囲まれていると、気持ちまでですてきになるのよねえ」

「おそれいります」

店主が、にこにこ顔で頭をさげる。

「だけどねえ、ものは永遠に存在するけど、持ち主は永遠じゃない。人間は必ず死にますからねえ。そのとき、ずっとお世話になった〝家の中のものたち〟をほったらかして死んだら、不要なものとしててきとうに処分されちゃう。……殺されちゃうわけよね。飼い主を亡くして、引き取り手のないペットみたいに」

「それ、だめです」

思わず、カエデがいった。

「だめでしょう。だから、このお店があるのよ。人が愛したものを、別の人に渡す。ものを循環させるっていう意味もあるけど、わたしにとってはもっと深い役割を感じてるわ。ものと持ち主を救っているのよ。だから――」

逸子は、カエデのトートバッグを手で示す。

「あの食器は、わたしのかたみです。大切に使ってね」

「は――はい」

カエデは、目をぱちくりさせた。何かとんでもないものをもらった気がしてくる。

「重たい？」

「はい――いや、いえいえ」

「重宝して使ってくれればいいのよ。割れたら、それが寿命だったってだけ」

「重宝して使います。サラダも、肉じゃがも、親子丼も、麻婆豆腐《マーボードーフ》も、ゴーヤの炒《いた》め物も、クリームシチューも、煮込みうどんも、ワンタンスープも……それから、ともかくいろいろな料理を容《い》れます」

そういったのは、こんちゃんだ。

「あらあら」

逸子が笑った。

「彼氏さん、本当に料理が得意なのね」

「こんちゃんです」

カエデが自慢げにいった。

「こんちゃんね」

「はい」

二人で同じ返事をした。

＊

狸穴屋のいった武藤逸子像と、実際の当人とはずいぶんとかけ離れていた。

友だちも居ないといったが、かたみ屋の店主は立派な友だちである。それに、友だちの八十パーセントは離婚しているといった。少なくとも、そう計算できるだけ、友だちが居るのだ。たぶん、十人以上は居るのである。還暦をすぎてからの友だちとは、人生というふるいに残った親友のことだろう。親友が十人も居る人というのは、かなり多い方なのではないか？

「逸子さん、元気そうだったね。別に偏屈そうにも見えなかった」

こんちゃんがいった。カエデもまったく同感である。

「狸穴屋さん、成仏したくないから、大げさなこといってるんだったりして。問題を小出しにしてるだけなら、信用して振り回されるだけバカみたいだよ」

「そういう人なの？」

「少なくとも、一筋縄ではいかないじじいです」

言葉とはうらはらに、カエデはトートバッグの中を嬉《うれ》しそうに見てから、改めて身震いの真似をした。

「ともかく、狸穴屋さんとお鈴さんがついて来なくて助かったよ。おかげで、逸子さんと仲良くなれたし」

狸穴屋が望むとおりの、友だちとまではいかなかったが。

しかし、狸穴屋は信用ができないという結論に達したカエデは、この任務からどうやって逃げようかなんて思い始めている。

「店長さんがいってたけどさ、ちょっと本気で考えない？」

こんちゃんがそういうので、カエデはきょとんとした。

「なにを？」

「なにって……ぼくたちの」

こんちゃんは口ごもり、小さい声で早口に「新居」といって照れまくった。

「おおお、新居ですか。賛成、賛成。これから不動産屋に行ってみよう」

まだ照れているこんちゃんを連れて、カエデは目抜き通りをさかのぼった。

3

翌週の日曜日も、カエデたちはかたみ屋に向かった。

狸穴屋の成仏のびのび作戦に付き合うのは癪《しゃく》にさわるけど、純粋にかたみ屋というアンティークショップと武藤逸子が好きになったのだ。だれかに思いっきり愛されて、次の持ち主を待っているかたみ屋の商品たちが、ひとつ残らず愛《いと》しく思えた。いつかは自分たちの好みを見つけ出して、あたらしい品物を買い足してゆくのもいい。でもその前に、すでにたっぷりの愛情をこめて使われてきた、先達の道具たちを受け入れてみるのもいい。それらは、新しい生活のお守りになってくれるような気がするのだ。

厚生病院前《こうせいびょういんまえ》のバス停で降りて、八幡一丁目方向に歩いた。

不動産屋の窓に貼られている賃貸物件の間取り図に目が行った。

少し前までは、二人で歩くときは例外なく食べ物屋ばかり見ていたけど、このところは不動産屋の前では必ず立ち止まる。間取り図を見て、ここに冷蔵庫、ここに洗濯機、ここにソファを置いて……と二人で空想の中にひたっている。そんなカエデたちは、同僚や友人から、典型的な脳みそお花畑といわれて笑われている。

「ベランダで野菜を育てたいのよ。だから、ベランダは必須《ひっす》」

「いいね、いいね。ぼく、小玉スイカに挑戦したい」

「ええ？　ベランダでスイカは無理じゃない？」

今日も今日とて脳みそをお花畑にしていたら、後ろから声をかけられた。聞き覚えのある、ちょっと低くてハスキーな女性の声だ。

「新婚のお部屋さがし？」

すでに相手がわかっていたから、二人とも笑顔で振り返った。

武藤逸子が居た。今日もニットワッチをかぶって、凛《りん》としていた。ずるくて助平な狸穴屋の子孫とは、とうてい思えない人である。

「ええ、はい、まあ」

冷やかされるのが習慣になっている二人は、幸福な警戒感で嬉しそうにもぐもぐいう。

逸子がそのとなりで、やっぱり物件のチラシを覗《のぞ》き始めた。

「わたしも、もう少しせまいアパートに引っ越そうと思っているのよ。部屋のものを片付けたら、がらーんとしちゃって」

「引っ越しなら、手伝いに行きますよ。ねえ、こんちゃん」

「行きずりの人に、そんな迷惑はかけられないわよ」

逸子がそういったので、カエデはお花畑から現実に引き戻された。そうか、わたしたちは〝行きずりの人〟だったのか。友だちに、突き放されたような気がした。確かに、そんなに急に〝友だち〟にはなれないか。狸穴屋のいうとおり、逸子は他人との間に距離を必要とするタイプなのかもしれない。

でも、カエデはあえてその距離を無視した。この際だから、分別も無視した。

「遠慮しないでください。逸子さんの先祖の幽霊に頼まれて、逸子さんの力になりたいと……」

やっぱり、変な顔をされた。

「っていっても、信じられませんよね。すみません、変なことをいって」

カエデは、笑ってごまかす。

三人の会話は、初対面のときほどは盛り上がらなかった。

まるで磁石の同極みたいに、お互いの距離を保ちながら、当たり障りなくほほえんで別れた。どんな部屋を探すのかというカエデたちの問いも、上手にはぐらかされてしまった。

「次の接近が難しくなっちゃった」

カエデがそういうのは、狸穴屋のことを慮《おもんぱか》ってのことである。

「うん。今日は何だか警戒されていた気がする。お客さんの中にも居るんだけど、職場とか逃れられない人間関係の中でひどい目に遭ったことのある人は、フレンドリーだけども警戒心が強いんだよね。ちょっと、そのことを思い出しちゃった」

逸子の後ろ姿を見送りながら、こんちゃんのお客のこと、狸穴屋のいっていたことを、とりとめもなく話した。その途中で、前を行く逸子の後ろ姿がよろけて、くずれる。転んだのだ。

カエデたちは顔を見合わせて、それからすぐに逸子に視線をもどした。

逸子は、なかなか起き上がれずにいる。

二人は同時に駆けだした。

通行人が立ち止まるより早く逸子のかたわらに到着し、カエデたちはちょっとしたパニックの様相を呈した。というのも、逸子の顔色が、紙みたいに真っ白だったのである。立ち上がるのはとうてい無理のようで、両手をアスファルトについて肩で息をしている。

——去年、大病をわずらって、今は闘病中なんだ。

狸穴屋のいっていたことを思い出した。

話を盛っていたとばかり思っていたけど、目の前の逸子は狸穴屋の言葉どおり、ただならぬ様子だ。

救急車を呼ぼうとスマホを取り出したのを見上げて、逸子が血の気のない顔でとめた。

「救急車なんて呼んだら怒られるわよ。ただの貧血なんだから」

「ただの貧血には見えません」

カエデは泣きそうになっている。以前、今にも赤ん坊が産まれそうな妊婦を病院に送り届けたことがあったが、あのときはカエデ自身がしゃんとしていた。今はこんちゃんがいっしょに居るせいなのか、目の前に居るのが妊婦ならぬ病人だからか、責任感よりも狼狽《ろうばい》が先に立つ。

「やっぱり、救急車を呼びます」

「だめ、だめ」

逸子は頑固に固辞した。

「抗がん剤のせいで、赤血球が減ってるのよ。ただ、それだけ。抗がん剤の副作用で救急車なんかに乗ったら、キリがないでしょ。元来、具合が悪くなるもんなんだから」

立ち上がろうとするが、うまくいかない。

こんちゃんが、そんな逸子の前に背中を向けてしゃがみ込んだ。

「ぼくがおんぶします。ぼくがおぶっても、だれも怒りません」

「ただ、かっこう悪いわよねえ」

ぶつくさいう逸子を無理にこんちゃんの背中に乗っける。こんなとき、坂道の多い八幡の街はちょっと難儀だ。石垣のある傾斜地の住宅街を、背中の上の逸子が指すとおりにのぼって行く。

「いやね、情けないわね。だれにも迷惑なんか、かけたくないのに。せっかく幸せなあなた方に、わたしなんかが世話になってミソを付けたくないわ」

「ふう――ふう」

太っているこんちゃんは、息切れしている。でも、逸子のことは重そうではなかった。実際、軽いのだろう。そのことの方が、こんちゃんにはつらそうだった。

「人生って、幸せも不幸もないと思います。選んで、決めて、行動する。それだけですよ」

「あらまあ」

逸子の声に、少し元気がもどった。おどろいたせいらしい。

「ぼくはカエデさんと居ることを選んで、そう決めて、一所懸命にそう生きてきたつもりです。先のことはわからないけど、いつまでもカエデさんと居たいです」

「こんちゃん。もういい」

カエデは、いささか怖い声になった。ひとりぼっちで闘病している人に、そんなことをいうのは酷だと思ったのだ。

＊

逸子の部屋は、古いアパートの一階の角部屋だった。

外観はなかなか年季がはいっていたが、ファミリータイプの物件なので広いし、部屋の中は頑丈で丁寧につくられており、昭和のころの和建築の趣きが感じられた。それに、部屋は清潔に掃除されていて、埃《ほこり》もなければ出しっぱなしのものもない。ティッシュの箱まできちんとコーヒーテーブルの真ん中に置かれ、小さなガラスの花瓶に黄色い薔薇《ばら》が生けてあり、顔を近づけるとかすかに香った。

調度品や飾り物が少ないのは、先日聞いたとおり、少しずつ〝形見〟をかたみ屋に売っているためだろう。それでも、家具には合板や合皮のものは少なかった。座り心地のよさそうなソファは革張りだし、ダイニングテーブルはクルミ材で、ほどよく日に灼《や》けて味のある色になっている。そんな家具とけんかしないように、カーテンは主張の少ない象牙《ぞうげ》色だった。どれだけ居ても飽きない、趣味の良い部屋だ。

こんちゃんは、逸子をソファにおろした。かぶっていたニットワッチがずれて、逸子の頭が見えた。最初の印象のように、髪型がベリーショートなのではない。薬の副作用で、髪の毛が抜けてしまっていたのだ。それを隠すためのニットワッチだった。

狸穴屋にいわれていたにもかかわらず、そんなことにも気づかないなんて、自分はつくづく幸せボケしているとカエデは思った。自分が、かなり恥ずかしかった。

「大丈夫」

逸子がカエデの胸の内を読むのは、さほど難しいことではなかったようだ。

「あなたの人生だって、これから荒波にもまれて、それを乗り越えていくのよ」

「はい」

カエデは落ち着かない様子で、逸子を見て、こんちゃんの顔を見て、それから逸子に視線をもどした。逸子は片手でニットワッチを直す。

「お茶、淹《い》れていいですか？」

カエデが訊《き》くと、逸子はしんどそうだけど機嫌よく笑った。

「カエデさん、さっきこんちゃんのことを怒ったけど、わたしはそんなに可哀想じゃないのよ」

言葉だけだと憤慨しているようにもとれるが、逸子はしごく穏やかだった。

「一人で生きて一人で死ぬのは、わたしに合っているの。家族に死んでゆくところを見られるのは、ちょっと勘弁してもらいたいな。そもそもわたしね、家族というのが、そんなに好きじゃないのよ」

逸子は少し考えてから、はっきりと「きらいなの」といい直した。

子孫を残したくないというのは、生き物として異形かもしれないが、その異形が正直なところ自分の希望だ、と。

「両親も祖父母も、お互いに仲が悪くてね。わたしは生まれた瞬間から、家庭のゴタゴタに耐えてきたのよ。祖母も母も実家に帰る、武藤の家にもどって来る、その繰り返し。わたしは母からよく『おまえのために、我慢している』といわれたものだわ。そりゃ、もう、修羅場が起きるたびに台所とか廊下とかに連れていかれて、秘密でも打ち明けるみたいにね。

父は母をよく殴って、その後でいうのよ。憎くてたたいているんじゃないってね。だから罪はないんだっていいたいのかしら。わたしのことも、よく殴ったわ。そして、こぶしではなく平手でたたいてやったと、恩に着せられた。ひとのせいにはしたくないけど、わたしが伴侶《はんりょ》を持ちたくないと思ったのは、家族が原因だと思うのよね」

逸子は人間を恐れるようになった。彼女を不幸にしてきたのが、人間だったからだ。それも、〝家族〟という人間たちである。

「この年で病気になって、入院なんかしても、やっぱり家族は要らないなあ。友だちは、病院で知り合った病気仲間が居れば充分。その人たちとは、病気が治ったら……それとも、どちらかが死んだら、それで関係が終わる。それくらいが、ちょうどいいの」

こんな人間も居る。

これからともに生きていこうとしている二人には、理解できないかもしれないが。

逸子はそういって、カエデの淹れた番茶を飲んだ。

「…………」

逸子は否定したが、カエデには逸子がただ可哀想なだけに思えた。逸子は例外的に、ハズレの家族のもとに生まれて来てしまった。だから、気持ちが萎縮《いしゅく》してしまった。人間を怖いものと思ってしまった。おかげで、だれにも近づけなくなってしまったのである。

　カエデは、こんちゃんの居ない人生なんて、ない方がマシだと思う。もしも母の孝子が居なかったら——想像するだけで胸が締め付けられる。

　でも、それを口に出していうほど、カエデは負けず嫌いではないのだ。こういう場合、負けず嫌いになるのは、不人情と同じことだ。

　逸子も、それ以上はいいつのることをしなかった。

　お互い、理解できないままの気持ちもある。

「だけど、こういうのは神さまに感謝したらいいのかしら、それとも、ご先祖さまにかしら」

「え？」

「人生のしめくくりで、この世には結婚して家庭を持つ幸せが確かにあるんだってことがわかったのは、なかなかラッキーだったと思うの。幸せな人がいるって知るのは、とっても幸せなことだもの」

　逸子はお茶を飲んで、満足そうに息をついた。

「あなた方に会えて、本当によかったわ」

　泣いてはいけない。

　そう思ったけど、どうしても涙がこみあげてくる。

　狸穴屋から最初に逸子のことを聞いたとき、カエデは不平をつのらせていたはずが、いつの間にか見知らぬ彼女に同情していた。カエデはそのとき、自分は不人情ではないことを知った。でも、そんな気持ちの変化は、まちがっていたのではないか。

あのとき、可哀想だと、逸子のことをいった狸穴屋の言葉に、胸がざわめいた。

カエデ自身も、逸子を可哀想だと思った。

(でも、ちがう)

カエデは寂しかったのだ。逸子ではなく、カエデが寂しかった。

逸子の生き方に共感できないから、たまらない気持ちがしたのだ。

今はどうだろう？　逸子と友だちになった今なら？

カエデは今、泣きたかった。

友だちが、治らない病気を抱えて、死に向かっているのが悲しかった。

だけど、それは同情でもなくなっていた。カエデはただ、逸子という人間の尊厳に、圧倒されていたのである。

4

村田家の夕飯のメニューは、お惣菜《そうざい》のとんかつと、昨日漬けた蕪《かぶ》の浅漬け、具沢山の味噌汁《みそしる》と、きざんだキャベツである。

逸子のいったことを母の孝子に話すと、孝子は意外なことに逸子に全面同意した。

「わたしも離婚したもんね。たぶん、逸子さん側の人間よ」

味噌汁が辛かったので、孝子は自分の椀《わん》とカエデの椀に容赦なくお湯を足した。足しすぎてうすくなったけど、「これくらいがからだにいいのよ」と味噌は追加しない。

「一番いただけないのは、暴力をふるう父親ね。平手でたたいたからって恩に着せるなんて、ハア？　ナンデスカ？　って感じ」

「でしょう。憎くて殴ってるんじゃないって、自分がその理屈で殴られてみろっての」

「まったくだ」

孝子は味噌汁の小松菜と油揚げを、箸《はし》でつまんで口に運んだ。

「小松菜は年中おいしいわよね」

「働き者だね、小松菜」

カエデが同意すると、孝子は満足げに話題をもどす。

「だけど、母親も母親よ。——なに？　逸子さんのお母さん、おまえのために我慢しているっていったんだって？　はッ！　笑わせちゃあ、いけません」

孝子の感情移入は半端でない。

「わたしがあの怠け者（父）に苦労させられていたのは、あんたがまだほんの小さなころだったけど、あんたのために苦労しているだなんて一言もいわなかったし、考えもしなかった。そこだけは自分でも立派だと思うわ。

だって、あの働かない亭主と結婚したのは、わたしの責任だもの。まだ生まれても居なかったあんたには、これっぽっちも責任はないんだから。結婚で不幸になったからって、子どもに責任転嫁するなんて、ナンセンスの極致！」

「ほう、ほう」

カエデは、とんかつの脂身をのけた。

孝子がそれに箸を伸ばして食べようとするので、カエデは「やめなさいよ」と叱る。

「これ以上、脂肪ついたら服が全部着られなくなるよ」

「はいはい」

孝子は脂身をあきらめて、自分のとんかつを食べる。

「逸子さんは、お気の毒だわ」

「やっぱり、そう思っていいのかな。やたらと、ひとを可哀想がるのは……それも傲慢なことだと思ったわけよ」

「少なくとも、育った環境は気の毒だわよ。それが、一般的な価値観を否定させたのは事実でしょ。つまり、ひとりぼっちを選ばせた。わたしにはあんたが居るけど、それでも逸子さんの考え方はわかる。孤独死を覚悟で、離婚しましたから」

「ええ？　そこまで覚悟してたの？」

「してるわよ。死んだら、何もわかんないんだから、腐乱死体になろうが、終活してなかろうが、全然平気」

それは、覚悟とはちがうじゃないかとカエデは思う。

「ごはん食べているとき、腐乱死体の話しないで」

「へいへい」

孝子は自分の腐乱死体を思い浮かべたのか、目玉を天井に向けた。

「逸子さんにも、わたしみたいな母親が居たら、あんたみたいに立派な伴侶を見つけられたかもしれない。子孫が途絶えるのは、親の責任、先祖の責任よ」

＊

村田家と紺野家が顔見せの食事会をしたレストランで、カエデとこんちゃんと逸子、そしてお鈴と狸穴屋と重兵衛がテーブルを囲んだ。

カエデの顔を見て、ウェイターが一瞬引いた。先だっての狸穴屋の捕り物は、霊能力者でなければ真相は見えない。この場に居た人たちには、カエデの乱心に見えたはずだ。

なにせ、粛々と食事をしていた一行のうちで、カエデが突如、奇行にはしったのだ。蜘蛛《くも》のごとく正体不明のねばねば糸を出し、いっしょのテーブルに居たこんちゃんの父を捕らえた後、それを捨て置いて勾当台公園の方角へと走り去ったのである。

そんなカエデが再び店を訪れたのだから、スタッフにドン引きされるのも道理だった。ただし、相手は接客のプロフェッショナルなので、露骨に顔に出すことはしない。目に見える三人が、六人分の料理を注文するまでは。

常人には見えない三人に向かって、カエデは大きな窓の外に見える緑地を指した。

「やっぱり、勾当台公園でソフトクリームを食べながらの方が、よかったんじゃないですか？」

「洋食が食べたいの」

お鈴は、相変わらず勝手なことをいう。

狸穴屋も同意した。江戸時代の人なのに、洋食が好きみたいだ。

見えない三人の席に配られた水が減るので、逸子は目を見張っている。

「こちらには、わたしの見えない知り合いが二人と……ですね。逸子さんのご先祖さまが来て――」

いい終える前に、お鈴がマジシャンのように空中から取り出したはたきの柄で、カエデの手の甲をぴしゃりとたたいた。

「いて！　何するんですか、この暴力幽霊」

カエデの姿は、だれの目にも一人芝居のように見えている。

「はいはい、わかりましたよ。――ええとですね。こちらの席に居るのは、わたしのご主人のお鈴さんと、番頭の重兵衛さんと、狸穴妓《ぎ》楼《ろう》創業者の狸穴屋彦衛門さんです。三人とも江戸時代の人で、いつまで経っても成仏できずに、この世で迷っていらっしゃいます」

再びお鈴がはたきを振り上げたとき、ウェイターがおずおずと皿を運んできた。サラダ、自家製パン、水沢《みずさわ》牛のシチューである。
「いただきまーす」

お鈴はハタキを放りだして、ご機嫌で料理と向き合った。突如として空中から出現したはたきに、ウェイターもほかのお客もフリーズした。

狸穴屋も、意気軒昂《けんこう》である。

「食うぞー」

一人、重兵衛だけはもももんじが怖くて、おどおどしている。スプーンを持つ手を震わせながら、おっかなびっくりシチューを口にして、美味《うま》さに仰天した。

その姿をカエデはハラハラと見守り、逸子とこんちゃんはそんなカエデの表情を読んで、思わずホッと息をついた。

同じく、ウェイターが遠くからかたずをのんで見守っている。

「美味《うま》っ、美味っ、美味っ」

「洋食、あっぱれなり」

カエデは三人の食欲にあきれ、そんなカエデを見て、逸子とこんちゃんは面白そうにしている。

「余命がどれくらいか、訊《き》きなさい」

お鈴がそんなことをいいだすので、カエデは声を荒らげた。

「そんなデリカシーのないこと、訊けますか」

「今いったのは、お鈴さんですか？」

逸子は、お鈴のいる方に興味津々と顔を向けた。

「お鈴さんの声、聞こえるんですか？」

カエデが驚いて訊くと、逸子は得意そうな顔をする。

「このごろね、わたし、霊感があるみたいなのよ。部屋に居ても、ひとりじゃないような気がすることがしばしばなの」

それは悪い気配ではないらしく、逸子は嬉《うれ》しそうにいう。さては……と思って振り返ると、狸穴屋がもじもじしていた。お鈴が、せっかちな様子でカエデにひじ鉄をくれ、幽霊だからスカスカ透けた。

「お鈴さんは、逸子さんの余命がどれくらいなのかを、知りたがっています。わたしは訊くのは失礼だと思うんですけど、お鈴さんがどうしてもって」

「あんた、性格悪いわねー」

お鈴は「ずずずーっ」と音をたてて汁を飲んだ。

「だったらきらっていただいて、離れていただいて、かまいませんけど」

「いただく、いただく、いうんじゃないわよ。だいたい〝いただく〟をつけたら何でも許されると思うの、現代人の悪いくせよ」

逸子はからっぽの席の料理が減っていくのを面白そうに見ながら、正確に狸穴屋の居る方を見た。

「病気はからだのあちこちに転移して、半年後に死ぬのか三年後まで生きられるのか、わかりません」

狸穴屋はシチューにひたしたパンを口いっぱいにほおばりながら、ぽろぽろと泣き出した。自分だって、死んでいるくせに……。

「逸子や、おまえの生涯は幸せではなかったのか？　命をつなぐことを、終わらせたかったのか？　家族がおまえを、そんなに絶望させたのか？　申し訳なかった。――申し訳なかった」

「ほらほら、今、声が聞こえた」

逸子が、興奮した顔でカエデを見た。目が輝いている。

「聞こえたわよ。本当に居るのねえ。やだ、緊張しちゃう」

逸子が子どもみたいにはしゃぐので、狸穴屋は口をもぐもぐさせながら、この期に及んでたじろぐ。

ウェイターがからっぽになった食器を下げて、デザートを運んできた。むらさきイモのアイスクリームとチョコレートムース、飲み物はエスプレッソだ。

狸穴屋はスプーンでカチャカチャ皿を鳴らしてアイスクリームを食べ、懸命にかぶりを振った。

「居ないっていえ。とっくに成仏したっていえ」

「現在進行形で、デザートが減ってるじゃないですか。居るのバレバレですよ」

カエデは無情に笑う。

逸子は狸穴屋の居る方に顔を向けて、ふうっとため息をついた。

「人生って不便ね。同じ時代の人にしか、会えないんだものね。わたしも死んだら、彦衛門さんに会えるのかしら。ちょっと楽しみだわ」

「楽しみ？」

狸穴屋が、赤ん坊が歩くのを見守るように、おっかなびっくり逸子を見る。人間は――いや、狸穴屋は幽霊だが――こんな優しい顔をするものなのだなあと、カエデはちょっとばかり感動した。

「子孫のことを心配して、この世に残ってくれるなんて、そりゃ嬉しいわよ。でも、いいのよ、ジイジ」

「ジイジ？」

狸穴屋が自分を指さして不安そうに問うので、カエデは「そうです。狸穴屋さんのことです」といってやった。

逸子はそんな狸穴屋の方を向いて、生意気な孫みたいなことをいう。

「わたしは、放っといても、ひとりで大丈夫なんだから。ジイジなんか、邪魔、邪魔。さっさと天国にもどってよ。ていうか、天国じゃなくて地獄だったりして？　どっちにしても、わたしが行くまでに家を片付けといて」

「ジイジの家は天国にあるのだよ、逸子や。地獄なんてものは、ないんだから」

デザートを食べ終えた狸穴屋は、口のわきにアイスクリームをつけて立ち上がった。

カエデがきょとんと見守るので、逸子もその視線をたどった。

狸穴屋は逸子のかたわらに立ち、ニットワッチをかぶった頭をなでた。

「いい子じゃ、いい子じゃ。ひとりでよう頑張ってきた。狸穴屋の血筋、よう守ってきた」

狸穴屋の輪郭が、光をあびたように白く輝いた。

それは、カエデだけではなく、こんちゃんにも逸子にも見えた。ほかのお客にも、遠くでこちらをうかがっているウェイターにも見えた。

その一瞬はとても長く感じられたけど、やがて消えた。

狸穴屋の姿も消えていた。

お鈴が立ち上がり、小さな手で拍手した。重兵衛が、ひかえめなガッツポーズをしてみせる。しっかり完食したお鈴主従も、すっと消えた。こちらは、いつもどおりの消え方だった。

「逸子さん。ご先祖の狸穴屋さんが、たった今、成仏されました」

「…………」

逸子はカエデを見つめ、食べ散らかされたからっぽの席を見つめた。

カエデは腕組みする。

「結局、あの幽霊たちはただ食いしていっただけじゃない。六人分で一万五千円があれば、かたみ屋さんにあった季節のスノードームセットが買えるわよ」

クリスマスと桜と紅葉、季節の風景を詰め込んだスノードームのことを思い出して、カエデは悔しそうにいう。逸子が、空気を読みつついった。

「あの――割り勘にしましょうよ。ご先祖さまと自分の分は、わたしが――」

「いやいや」

こんちゃんが、伝票を持ち上げて大らかに笑う。

「逸子さんは気にしないでください。ぼくたち三人が友だちになれたお祝いの食事ですから、女性に払わせたんじゃ男がすたります」

「こんちゃん、かっこいい」

カエデが合掌した手を頰に当てて、うっとりといった。

＊

カエデたちがホテルのレストランを出て、地下鉄の階段をおりていたころ、カエデの家で電話が鳴った。村田家の固定電話は、居留守仕様に設定されていて、すぐに留守番電話につながる。セールスと勧誘の対策である。

メッセージの後で留守録に切り替わり、スピーカー越しに不機嫌そうな中年男の声がした。

――紺野守の父です。先日の会食の件で――。

そこまで聞いて、孝子は慌てて受話器をとった。

「失礼いたしました。カエデの母でございます。先だっては、本当に、とんだご無礼をいたしまして――」

――そのことなんですがね。

受話器からギスギスとした気配が流れた。それが孝子の胸にしみこんで、いやな動悸《どうき》を呼び起こす。

――日を改めて、直接ご挨拶《あいさつ》にあがろうと思っとりますが。

こんちゃんの父の声は暗い、そして、何だか怒っている。孝子もカエデも、紺野家の人たちに怒られる理由は重々、承知している。

「は、い」

――息子と、おたくのお嬢さんとの縁談ですが、あれはなかったことにしてください。

「は……」

受話器を持つ孝子は、瞬間、ありとあらゆる言葉を忘れた。「はい」とも「いいえ」とも「うん」とも「すん」ともいえなくなり、ただ茫然《ぼうぜん》と、相手の冷たい声を聞いていた。

第三話　モテモテ怪談

1

中央通《ちゅうおうどお》りの甘味処で、カエデとお鈴は差し向かいに座っていた。

テーブルの上には、ところせましと和スイーツが並んでいる。ずんだ羹《かん》、お汁粉、あんみつ、わらび餅《もち》、抹茶パフェ、みたらし団子……。

お鈴は行儀のよい所作で、道明寺《どうみょうじ》の桜餅《さくらもち》を食べている。

カエデは掃除機のような勢いで、甘味を次々と平らげてゆく。

そして、カエデはべそをかいている。

「お嬢さんのせいですよお。あのとき、狸穴屋さんとすったもんだしているのが、わたしに見えなかったら、わたしだってこんちゃんのお父さんやお母さんの前で、あんな大失敗をしでかさなかったんですよお」

「はいはい」

お鈴は「ずずーっ」と煎茶《せんちゃ》を飲んだ。

「わたしのせいにして気が済むのなら、いくらでも悪者になりましょう」

「むっ」

悪者になるも何も……。

カエデにとって一世一代の会食の場に、狸穴屋の捕り物をぶつけたのは、ほかならぬお鈴である。初手からカエデを巻き込む気だったのだ。このたびの、破談の全責任は、お鈴にある。

さりとて、ウェイトレスやほかのお客には、一人で来店したカエデが、非常識な分量のオーダーを出し、大食いのあげくに酔っ払いみたいな泣き上戸になり、意味不明のことをわめき出した——というふうにしか見えていない。ホテル勾当台のレストランに引き続き、奇異なる光景を展開するカエデなのであった。

そんなカエデを、観音竹《かんのんちく》の大きな鉢植えのかげから、じっと見ている丸い人影があった。

こんちゃんである。

＊

こんちゃんは、駅前のペデストリアンデッキで、母と電話で話していた。

師走《しわす》の風が行きかう人を早足にしているけど、こんちゃんはのぼせた頭や、熱く渦巻く胸を、冷風で冷やさなければ、全身が破裂してしまいそうだった。

——ともかく、こないだのことは、お父さんが断固反対しているのよ。お父さんが、いい出したら聞かない人だってのは、知っているでしょう。

「どうしてだよ、説明してよ。カエデさんのどこが悪いわけ？　ぼくはずっとカエデさんと結婚するつもりで——」

——逆に訊《き》くけど。

母は冷たい声で、こんちゃんがいうのを遮った。

——カエデさんのどこがいいの？　小学生じゃあるまいし、婚約者の家族が居る前で、いきなり暴れだして。あのときのことは、また繰り返しいわなくても、わかるわよね。あんたも、あの場に居たんだから。

「だから、あれにはわけがあって……」

——どういうわけがあったら、急に興奮して、変な糸みたいなものでお父さんを縛り付けて、あの場から飛び出して行けるの？

「だから、江戸時代の遊郭の主人の幽霊が、子孫のことを——」

——守……。

母の声から突き放したような冷淡さが消えて、もっと深刻な響きを帯びた。

——あんた、変な宗教とかにはまっているんじゃないわよね？　カエデさんに、お金とかだまし取られているんじゃないわよね？

「何をバカなことをいってるのさ。ぼくは大丈夫だし、カエデさんも大丈夫だよ」

――お父さんも、お母さんも、カエデさんが大丈夫な人じゃないってことは、はっきりこの目で見てわかったから。ともかく、結婚前にわかって良かったわよ。

「二人とも、何もわかってない！」

つい声を荒らげた。

でも、母は引かない。

――わかっています。ともかく、あんな人と結婚するのは、絶対に許さないから。交際もすぐにやめなさい。いいわね！

ぷつり、と電話が切れた。

こんちゃんはスマホを顔から離しかけた動作の途中で、身も心も凍り付いた。

今しがたまで燃え盛っていたのに、急に命の炎が引いてゆく気がした。『北風小僧の寒太郎』のサビのメロディーが、胸の中で鳴った。繰り返し、繰り返し鳴って、そのたびに悲しくて寂しくていたたまれなくなった。

「あの……」

暗くなりだした町に、通りの明かりが白っちゃけてにじむ。鼻の下がつらーっと冷たくなった。まばたきしたら、視界のにじみがとれた。涙とはなみずが、勝手に流れる。

「あの……すみません」

細い声が、背中の方から聞こえた。

こんちゃんはわれに返り、懸命にはなをすすり、両手で涙を拭《ふ》いた。それでも足りなくて、ダウンジャケットのポケットからハンカチを出して、ごしごしと顔中を拭《ぬぐ》う。それから、まるでお芝居みたいに「ごほん、ごほん」と咳払《せきばら》いした。

「はい」

振り返ったすぐそばに、この世のものとも思えない可憐《かれん》な女性が居た。

「…………」

紺野守、二十九歳、この生涯の中で、テレビで見たタレント、インターネットで見た女優やモデル、ハリウッド映画やほかの国の映画や……ともかくこの世の全ての美女よりも、もっときれいで可愛くて、見ただけで石になってしまいそうな美女だった。

いや、美女といったら、何か威圧的なオーラを放っていそうな感じがするが、その女性はひたすらに可憐なのである。

こんちゃんは、思わず自分の片頬にさわってみた。石になっていないかと思ったのだ。

頬はいつもとかわらず、ぷんぷくしていた。

それだけで、全能の神にこれまでの罪を許された気がした。これまでどんな悪いことをしたか……捨てられていた仔猫《こねこ》を助けてやれなかった……小学生の夏休みに、学校の花壇の水やりをサボった……子供会を退会してしまった……仙台に来て間もないころ一方通行をまちがって逆走してしまった……。

いやいや、この際、そんなことはどうでもいい。

可憐な人は、アニメの美少女みたいにうるんだ目でこんちゃんを見上げている。この人の視界に入っていると思うだけで、こんちゃんは気絶しそうなときめきを覚えた。

長い巻き髪をツインテールにして、ウエストが細くて、前を開けたファーコートの下には丈の短いワンピースを着ていて、大きめの襟ぐりから胸の谷間がちょっとだけ見えている！

黒くて大きな瞳《ひとみ》が、何か懸命な表情でこんちゃんを見上げている。ピンク色のくちびるが動いた。寒さで赤らんだほっぺたと同じ色をしている。ほんのりと赤くて……。

「今だけいっしょに居てくれませんか？」

可憐な人は、人間の言葉を発した。

こんちゃんは、連続十回ほどまばたきをした。

え？　ナンパ？　世界で一番可愛い人が、ぼくのことナンパ？　ていうか、世界で一番可愛い人が、仙台に居たなんて驚き！

こんちゃんの思考は、何だかわからない具合にぐるぐる回る。

しっかりしろ、紺野守。信金で鍛えた話術はどうした、社交術はどうした。胸の中で自分を叱咤《しった》する。手玉にとった……いやいや、頼ってくれている顧客たちの顔を思い浮かべる。

「変な人に、追いかけられているんです」

可憐な人は必死な目でこんちゃんを見つめ、怖そうに後ろを振り返った。

その剣呑《けんのん》な言葉に、ようやくこんちゃんはわれに返る。男気とか自意識を前面に出すタイプではないものの、こんなにも可憐な人に頼られて内心武者震いした。同時に、こんなにも可憐な人を怖がらせる人間が居るなんて、と義憤が突き上げてきた。

「捕まえて文句いってやりましょう」

可憐な人に対して、初めて発した自分の言葉が、勇気凛々《りんりん》みなぎるものだったので、こんちゃんはちょっと自己陶酔した。でも、可憐な人は史上最美の目を見張って、あわてた。胸の前で振った両手の小さいこと——きゃしゃなこと——可愛らしいこと——。

こんちゃんはまた陶酔の世界にひたりそうになり、あわてて自分を呼びもどす。

「ぼくがお守りいたします」

「仙石《せんせき》線の改札口まで、いっしょに歩いてもらえないでしょうか」

「お安い御用です」

こんちゃんは喜んで答えた。ちょっと現実ばなれして……そう、時代劇に出てくる太鼓持ちみたいないい方じゃなかったかなと、口から出てしまった言葉をおそるおそる吟味してみる。「がってんだ」を付けなきゃ大丈夫？

「ほんと、すみません……」

「いや、全然いいですよ。気にしないで」

二人並んで（きゃっ！）仙台駅に入る。

自由通路から右に折れてエスカレーターに向かった。

「だけど、変な人に追いかけられてるって——心配ですね。ストーカーとか、なんですか？」

「いいえ。さっき、中央通りから来たんですけど、なんか……急に声を掛けられて、一緒に飲みにいかないかって。断ったら、女性ってのは、そんなんじゃ駄目だとか変なお説教されて。なんか……酔っぱらっているみたいなんですけど、目がすわってて怖くて……。それで、早足で逃げたんですけど、おっかけて来てるみたいで、すごく変な人で」

可憐な人は急《せ》き込んでそういってから、小さな手をひな鳥みたいにぱたぱたさせた。

「あ……すみません。わたし、説明がうまくなくて。ボキャ貧なんです。……ええと……ボキャ貧て、普通、いいますよね」

「いいます、いいます。でもでも、ボキャ貧なんかじゃないですよ。ていうか、その変な人、変すぎでしょ。いきなり、初対面の人にお説教とかします？」

「ですよね。良かったあ。わたしが変なのかと思っちゃった」

「あ、わかります。あんまり堂々と変なことが起こると、変だと思う自分が変って気がしてくるんですよね」

「あはは」

可憐な人は、安心した顔で笑った。

長いエスカレーターに並んで立つ。片側を空けなきゃマナー違反かなと思いながらも、この人と並ぶ幸せは手放したくなくて、こんちゃんはとなりに立ち続けた。

「わたし、菊田真菜《きくたまな》っていいます」

可憐な人は、ピンクのふわふわしたバッグから、自作の名刺を出す。

それを受け取り、あまりの可愛さにこんちゃんは死にそうになった。

自撮りの写真付きで、花とひよこがデザインされている。

菊田真菜
仙台市宮城野《みやぎの》区原町《はらのまち》　7－11－5　カーサ・ティンブレ303
piyopiyomana@xxxx.com
080-xxxx-xxxx

可憐な人あらため菊田真菜は、てれくさそうに「ひよこが好きなんです」といった。

「何なら、マンションまでお送りしますよ。話聞いたら、ちょっと心配だし」

「ええ？　マジですか？」

真菜の口調が急にくだけたので、こんちゃんはすっかり嬉《うれ》しくなった。

「マジです。あ、ぼく、紺野守っていいます」

休日なので名刺入れは持っていなかったが、もしものときのために財布に一枚だけ常備してある信金の名刺を、真菜に渡した。堅い仕事に就いているところを見せて、安心してもらいたかったのだ。怪しい男から逃げて来て、助けを求めた相手まで怪しかったら、気の毒だから。

「こんちゃんって呼ばれてるんですけどね」

「こんちゃん？　だれからですか？　彼女さんからですか？」

「ん……まあ、そう」

「じゃあ、わたしは何て呼ぼうかな」

真菜はこんちゃんの名刺を、撫《な》で撫でしてくれる。

「でも、いいんですか？　お忙しく……？」

そういって、ちょっと身をすくめて上目づかいをしてくる仕草の可愛いこと……！

こんちゃんは、また死ぬかと思った。

「忙しくないです。さっき、母と電話してて、いい歳して怒られて、こっちもプンプンしてたんです」

どうしてそんなことまでいってしまったのか。それは、格好悪いところを見せて、二人の間の垣根を取り払いたかったのだろう。

男は格好をつけるより、格好をつけない方がいいことを、二十九年も男をやっているこんちゃんは、経験的に知っていた。いや、カッコつけ男が玉砕するさまを、幾度となく見て学んできた。こんちゃん自身は、カエデが居るから女性にもてようなんて、あまり思わない。

（カエデさん……）

カエデのことを思い出して、頭から冷水を被《かぶ》ったような心地になった。

でも、次の瞬間、こんちゃんは開き直って強気になった。

浮気じゃないからね。

だいたい、今回のことはカエデさんが不用意にお鈴さんに乗せられてしまったから——。

いや、カエデさんは悪くないけど。

「カエデさんって、だれですか？」

「へ？」

「あの、今、ぶつぶついってましたよ」

「え？　いってました？　本当に？」

こんちゃんはあわてた。そして、両手を振ったり、口に当てたりすると、真菜は笑って追及するのをやめてくれる。

地下の仙石線ホームには、ちょうど下り電車が入って来たところだった。

真菜が利用している陸前《りくぜん》原ノ町は、仙台駅から三つ目の駅だ。こんちゃんは真菜と並んで座席に座り、陸前原ノ町がアルゼンチンくらい遠ければいいのになあと思った。アルゼンチンまで行ったって、こんな美少女は居ないだろうと思った。

（ん？　美少女？　もしかして未成年？）

未成年の女性と酒を飲んで不純な行いをして、テレビ画面から消えていった芸能人のことが頭をよぎった。そんな自分に、こんちゃんはあきれる。彼女が未成年なら、どうしたというのだ？　一緒に酒を飲んだり、不純なことをしたりしなければいいわけで。そもそもこの人を自宅まで送るのは、怪しい不届き者から守るのが目的なわけで。変なこと考えるなよ、ぼく！

「真菜さんは……未成……いやいや、学生ですか？」

「いくつくらいに見えます」

「う～ん、二十歳くらい？」

「もっと若いですよう」

陸前原ノ町にはあっという間に着いてしまい、大切な時間のすぎる速度は相対性理論で導き出されたりしないのかと思う。

真菜のマンションは、駅から五分ほど歩いたところにあった。

三階建てで、白い外壁、ガウディ建築みたいに曲線で凹の形をなしている。エントランスにステンドグラスの飾りがあるのも、この可愛らしい住人に似合っていた。

建物の向かいには、まるで昭和の時代から移築したような、懐かしい風情の駄菓子屋がある。マンションのどこかレトロな感じと相まって、絵になる風景だった。

真菜がマンションに入って行くのを確かめて、こんちゃんは駅に引き返した。

少し歩いて振り返ったら、真菜はガラスのドアの中から手を振っている。

その可愛らしさに、こんちゃんはみたび、死にそうになった。

券売機で切符を買って、改札を通った。

どこかで信金の同僚に見られていたら、ちょっとマズイなあ。デレデレした気持ちで、そんなことを考えた。

2

月曜の勤務はつらい。

客先を出たこんちゃんは、寒風に吹かれながらとぼとぼと信金にもどった。

昨日はカエデとのことで実家ともめ、それから菊田真菜とのアドレナリンを使い果たす出会いがあり、少しも眠れないまま今日にいたった。寮の部屋は散らかしたままで、休日なのに片付ける気にもならず――。

(帰ったら、まず部屋の掃除をしなくっちゃ。洗濯ものもたまってるんだよな)

頭の中はなまりが……いや、おからがつまったような感じがして、すこしもすっきりしない。やる気が出ない。どうやって金曜日まで乗り切ろう。壁に富士山《ふじさん》の絵がある銭湯で、のぼせるくらいお湯につかりたい。温まって汗を流したら、牛乳を一気飲みしたい。

そんなことを考えながら、信金への近道である小路《こうじ》を曲がったときである。

ぴょこんと揺れたものがある。

ツインテールにした髪の毛だった。

忘れようもない可愛い顔が、ちょっとだけ不安そうに少し低い位置からこんちゃんを
見ている。

「あれ？　真菜ちゃん？」

何のてらいもなく、下の名前に〝ちゃん〟付けで呼んだ。おからに変わっていた脳み
そが、一瞬で元にもどった。われながら現金なことに、自然と笑みがこぼれてしまう。

「どうしたの？」

「う〜ん」

真菜は問いには答えず、使い捨てカイロをこんちゃんの手におしつけた。真菜の手の
中で、カイロはじんわりと温まっていた。

「お仕事、がんばってください！」

真菜はそういうと、髪の毛とファーコートをふわふわ揺らして、駆け去ってしまった。

「きみ……」

こんちゃんは、追うことも問うこともできずに、立ち尽くした。

昨日の真菜は、二十歳より若いというようなことをいっていたように思う。それとも、ウィークデイのこの時間、自由に歩き回っているのなら、学生だろうか？　それとも、こんちゃんと同じ外回りの仕事？　いや、仕事中には見えなかった。

＊

拘束時間をなんとか乗り切って、こんちゃんはよろよろと独身寮に帰った。

三階の部屋までの階段が、やけに長い。廊下も長い。

いつもは共同炊事場で夕飯を作るのだけど、今日はコンビニのお弁当を買った。のり弁とチョコレートを掛けたドーナツとプリンとチーズケーキとわらび餅《もち》。カエデに見られたら、甘いものを食べすぎだと叱られるにちがいない。だけど、今日はお互いに話すひまもなかった。こんちゃんが外回りばっかりしていたせいもある。

（カエデさんは、甘いものを食べすぎたりしないからなあ）

こんちゃんは、そのとき決定的におかしなことを思ったのだが、何がおかしいのかはこんちゃん自身最後までわからない。さて、最後とは……？

ドアを開けて、こんちゃんは部屋をまちがえたのかと思ってしまった。

起きたときのままで、掛布団も枕もパジャマもごちゃごちゃになっているはずのベッドが、ホテルなみに整えられている。取り込んだ洗濯ものと、雑誌と文庫本と服とリモコンとビールの缶と、のたくる携帯電話の充電器のコードでメタメタだった床も、すっきり片付けられている。

朝食の皿が出しっぱなしだったテーブルもきれいになっていて、見たことのないお弁当箱が載っていた。なつかしいアルマイト製で、ふたにハクション大魔王の絵がプリントされている。

お弁当箱に見覚えはないけれど、自分の部屋の鍵《かぎ》で開けたのだから、こんちゃんの部屋にちがいない。ベッドも床もテーブルも身に覚えがなく片付いているけれど、まぎれもないこんちゃんの部屋だ。

（ひょっとして……）

お母さん？

昨日の電話でずいぶん冷たい態度だったから、思い直して来てくれたんだろうか。

こんちゃんは、ちょっと嬉《うれ》しくなってお弁当のふたを開けた。

豚の生姜《しょうが》焼き、桜エビのかき揚げ、ひじきの煮物、キュウリの梅和《あ》え、白菜の漬物。ごはんは甘辛く煮たかんぴょうと干ししいたけのちらし寿司《ずし》で、錦糸卵《きんしたまご》がたっぷりと載っている。こんちゃんの好物ばかりだ。

かたわらには、便箋《びんせん》がふせて置いてあった。

（やっぱり、お母さんからだ）

台所に立つ母の姿が浮かんで、こんちゃんはほんのりした気持ちになった。

きっと、遠回しに謝るようなことを書いてくれているかもしれない。厳しいことをいった手前、こっそりと息子の機嫌をとりに来たのだろう。

そう思って、便箋を手にとってみた。

それは、こんちゃんの予期していたものとは、まったくちがっていた。


ハロー、コンチッチ！　来ちゃったよ、菊田真菜です。昨日は、送ってくれて、ありがとう！　コンチッチの優しさが胸にしみて、うるうるしちゃいました。あれからいっぱいいっぱい考えて、わたしの彼氏はコンチッチみたいな人がいいと思いました。わたしはむかしから面食いだったけど、そんなことないんだよ。コンチッチのこと、好きだもん。あ、これはコンチッチがブサイクってことじゃありませんよ。ころころしてこぶたちゃんみたいで、コンチッチは本当にかわいいと思います。ということで、わたしが今日からコンチッチの妻になりますから、コンチッチは将来のこと、何も気にしないでいいからね。わたし、コンチッチに尽くすからね。その証拠に、お掃除してごはんを作ってあげました。わたしは毎日一秒一秒ずっとコンチッチのことだけを考えてすごします。いつでも会いに行きます。ずっとずっといっしょだからね。浮気したら怒るから。わたしが怒ると怖いですよー。うそ、冗談。人殺しとかしないよ。付きまとったりしないよ。だから、きらわないでね。明日《あした》も行きます。明後日《あさって》もいきます。毎日毎日会おうね。大好き好き好きなコンチッチへ。

菊田真菜より

こんちゃんは、しばし茫然《ぼうぜん》とした。

全館集中暖房だから部屋は充分に暖かかったけれど、ざわざわする寒さが腕から体へと駆けあがる。

真菜に寄せていたほんのりとした好意は、嫌悪と恐怖に近いものに変わってしまった。段落のない、まるで一筆書きみたいな手紙。病的ともとれる一方的な思いを、こちらの気持ちなどお構いなしに洪水のような勢いでつづっている。

コンチッチって何？　妻になりますからって何？　人殺しとかって何？

どうして、そんな言葉が出てくるのか、理解できない。

理解できないのは、何もかもだ。

この建物は、部外者立ち入り禁止の独身寮だ。どうやってこの部屋に入ったのか。カエデはよく忍び込んでいたけど、堂々と入って来たなら管理人に止められるはずだ。しかも、なぜ、こんなことをする。

考えれば考えるほど理解を超越していたし、不気味さが増してくる。思えば、今日、使い捨てカイロを持って現れたのだって、こんちゃんを待ち伏せしていたということか？

（きっと、そういうことだよね……）

朝から底をついていた元気が、完全になくなってしまった。倒れそうに、からだが重い。このまま石になってしまうかと思うほど、何もかもが億劫《おっくう》だ。

それでいて、後ろに真菜が立っている気配を感じて、ビクビクして振り返ったりする。そこには、もちろんだれも居ないのだ。けれど、ビクビクする気持ちは、収まらない。帰ったときの習慣で、こんちゃんは手を洗ってうがいをして、部屋着に着替えた。たったそれだけのことが、何時間もの労働と同じに感じられた。……そして……。

そして、お弁当とにらめっこする。

不気味だけど、おなかが空《す》いていた。

お弁当には罪はない。お弁当を捨てるのは、罪だ。

だから、ぽつりぽつりと食べた。

おいしかった。

＊

気を取り直して迎えた翌日、目覚めたら部屋に真菜が居る気がして、起きるのが怖かった。でも、そんなことはなく一日が始まり、こんちゃんは自分でお弁当を作って、信金に出勤した。

（たぶん、ちょっと変わった子なんだ。それだけのことなんだ）

一方的な手紙と、一方的な好意が、昨日の疲れていたこんちゃんには、実際以上のダメージを与えたにすぎないのだろう。

そう思い直した。お弁当は本当に美味《おい》しかったし。

午前の勤務を終えて、いつものようにカエデをさそって信金の食堂に行こうとした。

「ごめーん、こんちゃん。今日ね、お弁当ないんだ」

長町支店の食堂は、社食ではない。テーブルと椅子だけが並んだ広い空間で、社員はここで持参したり買ったりした昼食を、めいめい勝手に食べている。こんちゃんもカエデもお弁当派だから、昼のシフトが合うときには、どちらからともなく誘い合うのが習慣になっていた。

ひさびさに同僚と外食するというカエデを見送って、こんちゃんは食堂でぽつんと座ってお弁当を広げた。タコのウィンナーと、ゆで玉子、かぼちゃの肉巻き、こんにゃくのきんぴら、ほうれん草の胡麻和《ごまあ》え、プチトマト、ごはんは梅入りの焼きおにぎりだ。

今日も早起きして作ったお弁当だが、カエデと二人じゃないせいか、あんまり美味しくなかった。……いや、昨夜の、真菜のお弁当が美味しすぎたのだ。

（胃袋をつかまれる、とかいうっけ）

そう思ったら、昨夜のいやな気持ちがぶり返してきた。

口の中が渇いて、ご飯がのみこめなくなった。

スマホが鳴って、見てみると同僚からメールが来ていた。

『これ、見てみろ。未成年だぞ。知ってたのか？』

文面はそれだけで、URLが書いてある。

タップすると、表示されたのはブログの画面だった。

『菊田真菜とコンチッチのラブラブライフ』

プロフィール欄に、コンチッチというのは広瀬信金長町支店に勤務する紺野守であると書いてある。自分は十七歳だとも書いてある。

始めてから何日も経っていないブログだった。

その最初の記事に、こんちゃんと菊田真菜の出会いが書いてある。

変な人に絡まれて、追いかけられ、こんちゃんにボディーガードをしてもらって、マンションまで送られた。ここまでは事実のままである。でも、そこからが真っ赤なウソなのだ。

真菜はこんちゃんを部屋に誘い、こんちゃんは喜んで誘いに乗り、真菜の部屋で二人でお酒を飲んだ。一緒にお風呂《ふろ》に入って、お風呂の中で……とてもいえないようなことをして、それから一緒にベッドに直行して、もっといえないようなことをした。

何度も何度も。

コンチッチはとっても積極的で、ちょっと怖かったよ。

でも、愛しているから、許す。

（――って、何、それ？）

絶句したこんちゃんは、だれに見られているわけではないけど、急いで画面を閉じた。

これが本当なら、世にいう〝未成年とのいかがわしい行為〟である。犯罪である。

知り合いに見られたら、こんちゃんの人生が終わってしまう。

いや、現に、同僚に見られている。

いやいや、こんなこと嘘なんだから、人生が終わっちゃ困るのである。

いやいやいや、どうして、こんな嘘を書いてわざわざ人目にさらすのか？

どう考えても、わからなかった。考えようとしたら、たった今食べたものが逆流してきて、こんちゃんは慌ててトイレに駆け込むと、全部吐き戻してしまった。いやな動悸《どうき》と、いやな発汗と、いやな寒さで全身が震えた。

3

花とひよこと自撮り写真をプリントした可愛い名刺を取り出し、抗議の電話をかけた。

しかし、真菜の携帯番号は呼び出し音が続くだけで、一向につながらない。留守番電話の設定もされていないので、メッセージも残せない。

歯がゆかった。

思い余って、客先へのアポイントを変更してもらい、お弁当を放り出して信金の営業車で真菜のマンションに向かった。前は電車で行ったけど、場所は記憶している。

ところが、着いた先は空き地になっていた。

昨日今日に建物を解体して更地にした、なんてものではない。

雑草が茂り、雨ざらしになって錆《さ》びたドラム缶が放置されている。何年も、そのままの状態だということは、ドラム缶の周囲にはびこった苔《こけ》が物語っている。

空き地の向かいには、懐かしい感じの駄菓子屋が建っていた。ガウディ建築みたいにゆるやかな曲線で凹型をした、カーサ・ティンブレに向かい合って建っていたのと同じ駄菓子屋だ。

自転車に買い出しの食料を積んで、中年の主婦がとおりかかる。

こんちゃんは、とおせんぼするみたいにして自転車を止めて、息せき切って尋ねた。

「あの――ここにマンションが建っていましたよね」

「いいえ」

主婦は怪《け》訝《げん》そうに眉《まゆ》をひそめ、こんちゃんをじろじろ見た。

「ここは、もう何年も空き地ですよ」

「そんなはずは――」

常識ある大人に見せるのにはちょっと恥ずかしい、真菜の名刺を出した。

――仙台市宮城野区原町　7-11-5　カーサ・ティンブレ303
確かに、この住所に建物が――そういうつもりだったのに、主婦はますますイヤそうな顔をする。こんちゃんを、変な人に認定してしまった顔つきだ。

「原町は、六丁目までしかありませんから」

「そんな……」

背筋がゾクッとした。

真菜はまたうそをいったのか？

いや、そんなレベルではないのだ。たしかにここに、マンションは建っていた。

真菜がでたらめの住所の名刺を作っていたとしても、ここに建物があったのは事実である。

頭の中の整理ができずに愕然《がくぜん》としているこんちゃんを、主婦は哀れそうな目で見た。

名刺の主である小ずるい娘に騙《だま》された、可哀想な男に見えたのだろう。そうと察しても、こんちゃんにはいいわけをする余裕など失《う》せていた。

「じゃあ、お大事にね」

主婦は、屈辱的ないたわりの言葉を残して、すごいスピードで自転車をこいで行った。

よっぽど、あぶない人に見えたにちがいなかった。

クルマにもどると、シートにからだをうずめ、しかしエンジンをかけることなく、スマホを取り出した。同僚からのメール文から、真菜のブログを開いた。

「…………」

一時間足らずのうちに、何年分もの過去の記事が増殖していた。それは、まさに増殖だった。記事の一件一件が書くのに時間と気持ちの要りそうな内容で、こんちゃんの少年時代の写真まで載っていた。松島《まつしま》に行って、二人で牡蠣《かき》を食べているスナップもあった。それは、真菜ではなく、カエデと行ったときのものだ。そのときの、カエデの姿が消えて真菜の笑顔にすり替わっている。

画像加工ソフトを使えば、こういう手品みたいなことができると、写真の好きな友だちがいっていたような気がする。だけど、ついさっきまでは出会いとでっちあげのエロい記事だけだったはずである。魔法使いでもないかぎり、こんな膨大なうその文章を書いてアップロードするなんて、無理だ。

（アップロード？）

仮に記事を先に書いていて、画像をあらかじめアップロードしていたら可能だろうか？

（でも、何のために？　ぼくを段階的におどろかせるためだけに、そんなことをする？）

バカげた空想だった。

だけど、説明できないことが多すぎて、笑い飛ばすには……怖すぎる。

いや、怖がっている場合なのか？　（どうやったのか全然想像もつかないけど）こんなに騙されて、やってもいない未成年との淫行《いんこう》の記事をさらされて、こんちゃんは怒るべきなのではないか？

ところが、さっき見た淫行の記事は、なぜか削除されていた。

そのかわり、今度こそタイトルどおりの〝ラブラブライフ〟が延々と掲載されている。

淫行の記事はシャレにならない危機だったが、身に覚えのない〝ラブラブライフ〟を写真まで付けて載せられるのも困る。

ポケットの中で、電話が鳴った。

画面には、『お母さん』と表示されている。

通話アイコンに触れたと同時に、母は上機嫌な声を上げた。

「インターネット、見たわよ」

「え」

こんちゃんは、たじろいだ。母は真菜のブログのことをいっているらしい。

「大和屋《やまとや》の福《ふく》ちゃんが教えてくれたのよ。コンチッチなんて、可愛いことをいう人ねえ」

大和屋というのは、こんちゃんの実家が食堂をしていたころ、生麺《なまめん》を納めていたうどん屋さんだ。福ちゃんは若旦那《わかだんな》で、地域の中高年のパソコンの悩みに乗ってくれる、奇特な人物である。

「福ちゃん、もう十年くらいあんたの顔を見てないけど、すぐにわかったって。守くんは、子どものころから全然変わってないって。それが、こんな可愛い彼女ができてって……福ちゃん、それはもう、うらやましがってたわよ」

こんちゃんは、いいたいことがのどに詰まって絶句した。

でも、母はその絶句を別の意味にとったようだ。

「照れなくてもいいのよ。あんたも、本当はちゃんとした彼女が居るんだから。だったら、どうして、あんなカエデさんなんかを紹介したのよ。わざわざ仙台まで行って、損したってば。で、真菜さんとは、いつ会わせてくれるの？　今度は大丈夫よね？　あれだけ美人さんだと、花嫁衣裳が映えるわねえ」

母のおしゃべりに、こんちゃんは精気を吸い取られそうになり、仕事を口実に電話を切った。だけど、実際には仕事どころではない。

スマホを見つめ、ためらいながらも、カエデに掛けた。呼び出し音の後で通話がつながる。カエデの声が聞けると思ったとき、機械的なメッセージが耳に刺さった。

――この番号からの電話は、お受けできません。

こんちゃんの頭の中で、梵鐘《ぼんしょう》のような音が鳴った。

ガーン。

着信拒否されている。

全部バレて、カエデさんに捨てられてしまった。

でも、全部って何？　あの削除されたエロ記事も？

もはや、頭の中は真っ白という状態だ。でも、居てもたってもいられなくて、真っ白の脳はいろんなことを命じてくる。こんちゃんの手は発信履歴から、今度は真菜の番号に触れた。

呼び出し音が鳴り、そしてつながった。

さっきみたいにつながらないのも、もやもやするけど、いざつながると臆《おく》してしまう。

「コンチッチ、どうしたの？」

真菜は、あっけらかんとした声で訊《き》いてくる。可愛い声だ。

「どうしたのって……」

こんちゃんは、あふれる言葉で窒息した。

どうして、ぼくの部屋に勝手に入ったのか。

どうして、あんなうそのブログを書いたのか。

どうして、こんな短時間に膨大なブログ記事を書けたのか。

どうして、うその住所を教えたのか――それは、いいけど――マンションが消えているのは、どういうこと？

どれから先にいっていいのか、わからない。

「今ね、コンチッチの寮に居るんだ。ねえ、ゴマ油ある？　ゴマ油がないと、麻婆豆腐《マーボー》が作れないでしょ。わたしが作る麻婆豆腐は、レトルトのインスタントじゃないんだよ。豆板醤《トウバンジャン》とぉ、お醬油《しょうゆ》とぉ、お酒とぉ、オイスターソースとぉ、片栗粉、それからゴマ油がなくっちゃ――」

真菜は壊れた機械みたいにしゃべり続ける。

部外者立ち入り禁止の独身寮で、真菜に料理なんてされたら、問題になる。

いや、そんなことより、ほうっておいたら、彼女の思うままになってしまう。

「今、ぼくの部屋に居るの？」

「そうだよ。コンチッチの本を読んだりしてたんだけど、難しくてよくわかんない。ねえねえ、ディスクロージャーって何のこと？　わかりやすく、教えてよう」

「話があるから、すぐに帰る。部屋から出ないで」

「えー、何の話かなあ。楽しみー」

いつまでも話し続けそうなのを無理に切って、こんちゃんは駄菓子屋のわきの自動販売機でミネラルウォーターを買った。のども口の中もからからに渇いて、くっつきそうだったのだ。

それから、長町の寮へとクルマを走らせた。勤務時間中だったけど、信金の上司に連絡を入れる余裕すら失せていた。

＊

寮の玄関で、掃除をしている管理人と鉢合わせになった。

こんな時間に仕事はどうしたの？

そう訊かれるだろうことを予想し、でもうそはつきたくないので、目を合わせないようにして、口の中でもぐもぐ挨拶《あいさつ》をして通りすぎようとする。

その腕を突然つかまれたので、こんちゃんは女の子みたいに悲鳴をあげそうになった。

「紺野さん、お客さんが来ているよ」

管理人は、にたにたしていた。

「婚約者なんだって？　紺野さんは、あの鍋《なべ》パーティをしに来る人と結婚するものだとばかり――」

え？　カエデさんのこと、バレてたの？

いやいや、問題はそこじゃない。真菜が婚約者なんて名乗っていることだ。

管理人さん、管理人なんだから独身寮に部外者を入れないでください！

ていうか――ていうか。

こんちゃんは何もいえず、自分の部屋に駆けて行った。部屋に一歩一歩近づくにつれて、恐怖に似た嫌悪感がこみあげてくる。いや、嫌悪に似た恐怖感か。

ドアを開けた。施錠はされていなかった。

開けたとたんに、口にキスをされた。

真菜はこんちゃんに口をくっつけたまま、ピンクのスマホで二人のキスする姿を自撮りした。

「見て。ラブラブだよね」

真菜ははしゃぎ、それをブログにアップしようとする。

「やめてくれ！」

「きゃっ！」

真菜の手からスマホを取り上げようとして、肩の辺りを押してしまった。

真菜はひっくり返るようにして、床に倒れた。

こんちゃんは、慌てて真菜を抱き上げる。そうしながらも、「えへへ？　おどろいた？」なんて笑顔を浮かべて、首ったまにしがみついてくるような気がした。だから、おそるおそる肩を抱えたのだが、真菜は目も開けないし起き上がりもしない。ぐったりと、くたびれたぬいぐるみのように、力なく揺れるばかりである。

「きみ――大丈夫？」

気絶するほどの衝撃ではなかったはずだ。

血も出ていないし、辺りは片付いているから、急所をぶつけるようなものもない。

「ねえ――大丈夫？」

ほっぺたをたたいても、反応はなかった。

鼻のうえに手を触れると――息をしていない。

「え」

首筋に触れてみた。手の脈をとってみた。それはただ人形みたいになめらかで、どこを探しても脈打つ場所は見つけられなかった。抱き上げて、揺さぶると、真菜はただ左右にむなしく揺れた。

（死んでる――ぼくが、殺した――）

　こんちゃんは、ショックで自分までが死んでしまうのではないかと思った。動悸《どうき》がハードロックのドラムみたいに、高速で全身に鳴りわたる。

（どうしよう――警察に行かなくちゃ）

　ドアから出ようとして、信金の食堂から外套《がいとう》も着ずに来てしまったことに、今になって気づいた。クローゼットにダウンジャケットを取りに行く。袖《そで》にうでを通しながら、さっき飲んだミネラルウォーターが、寒気のせいでもう膀胱《ぼうこう》をぱんぱんにしていることに気づいた。

（警察に行く前に――トイレに行かなくっちゃ）

　廊下に出て小走りにトイレに向かうと、階段の方から管理人が脚立を持って現れた。

「今、女性の悲鳴みたいなのが聞こえたけど、紺野さんの部屋じゃないよね。ここは独身寮なんだから、ふしだらな真似は絶対に禁止だよ」

「はい――すみま……」

　あやまりそうになって、こんちゃんは慌てて口を閉ざす。

婚約者を部屋に入れたのは、管理人さんでしょう。そういいそうになって、ふたたび慌てて口を閉ざす。

「トイレに行きたいので、失礼します！」

「あ、待って、トイレは……」

管理人が呼び止めようとしたけど、こんちゃんの膀胱は急を告げていた。交際女性を殺害した信金社員紺野守(29)、実は独身寮で失禁していた——とか、ネットで書きたてられることを想像した。せめて、トイレだけは済ませてから出頭したかった。

ところが、こんちゃんの部屋があるのは三階なのだが、その三階のトイレの前に『掃除中』の立て札が置かれていた。

「ああ……もう」

階段を駆け降りて、二階に行った。寮は三階建てなのだ。

二階のトイレの前で、またもやたたらを踏むことになる。ここもまた掃除中の札が立ててあるのだ。

脚を車輪みたいに高速回転させて、一階のトイレに直行した。もしや、ここも……と悪い予感がしていたのだが、案に相違して、一階のトイレの前に札は立っていない。

勢いを付けてドアを開け、手洗い場の前を通って小便器の並ぶ一角に駆け寄った。

『故障中につき使用禁止』

五つある小便器の全てに、手描きされた紙が貼ってあった。達筆な文字だ。

こんちゃんは、使えない小便器の前で足踏みをする。

気を取り直して個室に向かったが、三つあるうちの二つのドアに同じ貼り紙がしてあった。

（こんなときに限って――）

こんちゃんは火を噴く思いで、残りの一つをノックする。

「入っています」

声がした。しかも、女性の声だった。細くて透き通るような、菊田真菜の声だ。

こんちゃんはゾクッとした拍子に、あやうく失禁しそうになる。

（死んだのに、どうして？）

尿意が、筋道立った思考をはばむ。

真菜を殺してしまったという罪悪感の発作が、トイレなんかでぐずぐずしている自分を責めた。早く警察に行かなくちゃと思う。そうすると、これから起こるであろう、逮捕や取り調べや、裁判や、懲役のことに気持ちはリンクした。つらい人生だ。かくん、かくんと、菊田真菜の頭が左右に力なく揺れる感触が、てのひらによみがえる。

あの日、駅前で真菜に会わなければ――。

両親を呼んだ食事会が、うまくいっていれば――。

（そうじゃないんだ）

カエデとは――出会ってからずっと、ふたりの間には隙間がなかった。

人としてお互いに居心地の良い距離は常にあった。だけど、隙間はなかった。ズレもなかった。

それが、つまらないアクシデントに負けて自分から揺らいでしまった。美人にちやほやされて、浮気をしてしまったのである。

(カエデさん、ごめんなさい。ぼくがバカでした。カエデさん――カエデさん。ぼくは刑務所に行っても、カエデさんの幸せのことだけ思います。絶対――絶対)

トイレの中をうろうろ動き回り、手洗い場と個室の前を行き来して、ふと視線が水道の上の鏡を見た。

手洗い場は壁沿いに向かい合った形で造られていて、鏡も向かい合って同じ位置に貼り付けてあった。だから、ちょうど合わせ鏡になっているのだ。

前の鏡に映った像が後ろの鏡に映り、後ろの鏡の像が前の鏡に映り、互いに連なる像を映し出している。さながら、空間にうがった無限のトンネルのようだ。

こんちゃんは、ざあああっと連なる自分を見て、肝をつぶした。

合わせ鏡が不気味だったからだけではない。

そこに映っていたのは、こんちゃんではなかった。

無限に連なるのは、こんちゃんの父だったのである。

(どういうこと?)

真菜のとった不可解で不可能な行動に驚き怯《おび》えていたときとはちがって、自分が紺野守ではなく、その父だったことが、しっくりときた。

なぜなら、これは夢の中で起こったことなのだ。

夢の中で父は息子になってしまい、奇妙奇天烈《きてれつ》な体験をした。

だから、彼は真菜を殺してなどいないのである。

「甘いわよ」

たった一つ、使用可能な便器のある個室から、細く可憐《かれん》で、でも意地悪な声がした。

「わたしが納得しなきゃ、あんたはこの最悪の夢から目覚めることはできないのよ。永久にお小水を我慢して、永久に人殺しの汚名を着るのよ」

女は、憎たらしく高笑いをする。

「あんたは、だれなんだ」

「あるときは、駅前に現れた可憐な美少女、あるときは呉服屋の一人娘。しかして、その実体は」

女は口でドラムロールの真似をした。

事態が急にバカバカしくなり、こんちゃんの父はかえって混乱する。

「在仙亡者会の会長、末広屋お鈴とは、わたしのことよ」

「……わかりませんが」

「わかんなくてもいいわよ、別に」

お鈴は拗《す》ねた声でいうと、音高く水を流した。

「菊田真菜に会ったことを御破算にして、この夢から無事に覚めたければ、カエデとプンプクリンをいっしょにさせなさい」

「プンプクリンとは、なんのことだ」

「コンチッチよ、コンチッチ。あんたのせがれのことよ。おまえのせがれはね、カエデとじゃなきゃ、幸せになれないのよ。美人が現れたくらいで、せがれがもっと幸せになれるなんて思うのは、浅はか千万！」

「だって、それは、親心で……」

「そんなのは、親心とはいいません。ただの面食いじゃないの、情けない」

お鈴にぴしゃりといわれ、こんちゃんの父は確かに夢の中の自分はデレデレしただけだったなあと思った。スナックに行って美人のホステスにちやほやされたときの気分と、大差なかったことは認めないわけにいかなかった。

「さあさあ、カエデをせがれの嫁にするといいなさい。せがれが地道に生きて、真面目に選んだ相手を認めるといいなさい。それとも、おまえ、そこでお小水をもらすかえ？」

菊田真菜の居るマンションの名は、カーサ・ティンブレ。

ティンブレとは、スペイン語で『鈴』のことだ。

全ては、お鈴のたくらみであり、お鈴が見せた悪夢だったのだ。

とは、お鈴を知らないこんちゃんの父には、気づけるはずもない。

わかるのは、悪い夢にとらわれて、息子の縁談について脅迫されていることだけだ。

しかし、真菜のなきがらの感触はいまだ両手に生々しく残っている。真菜に翻弄《ほんろう》された恐怖は、意識から消えない。なにより、おしっこがしたい。

「早く答えなさい！　堪忍袋の緒が切れるわよ！」

「わ……わかりました」

お鈴の勢いに押されて、こんちゃんの父はうめくように答える。

お鈴は、そんな生半可な返事では満足しなかった。何者かは知らないが、つくづくいけずな女だと、こんちゃんの父は思った。

「何がわかったって？」

「ですから……その、息子と村田カエデさんの結婚を認めます」

「よろしい」

お鈴が可憐な声でそういった瞬間、こんちゃんの父は目が覚めた。

そこは仙台にある信金の独身寮ではない。花巻のこんちゃんの実家で、こんちゃんの父は住み慣れたわが家の寝室に居たのである。

となりでは、古女房がいびきをかきながら眠っている。

こんちゃんの父はホッとしてその寝顔を見下ろし、それから慌ててトイレに駆け込んだ。玄関を入ってすぐにある階段脇のトイレで、こんちゃんの父はフランネルのパジャマのズボンを下げて、使い慣れた小便器に向かって思いを遂げた。

（ああ、極楽、極楽）

うふーと息を吐いたとき、うしろから夢の女の声がした。

――わかっているわね。

「は、はい！」

こんちゃんの父は、ぶるるるると身震いし、下着とパジャマを直して手を洗った。

＊

日曜日の朝、こんちゃんの両親が、お土産のゆべしをもってカエデの家を訪れたので、カエデも孝子も上を下への大騒ぎをした。

「スリッパを――いや、カエデ、まずはこの前のご無礼を謝りなさい」

「でも、先に上がっていただいた方が――」

「先もヘチマもありません」

「まあ、まあ」

こんちゃんの両親は自分たちでスリッパを出して玄関にあがり、恐縮する母娘《おやこ》に先導されてリビングに通された。

「カエデ、どうして片付けてないの」

「お……お母さんだって――」

このときに限って昨夜飲んだビールの空き缶が何本も放置してあり、テーブルの上にはゴキブリ用の殺虫剤が載って、リビングの窓から外に干した洗濯物が丸見えのありさまだった。

「カエデ、この前のこと、きちんと謝りなさい！」

「ははっ！」

村田母娘は、部屋の一番下座であるドアの前まで後ずさりして、がばりと平伏した。必死であった。そのあまりの必死さに、紺野夫妻はドン引きする。

「まあ、まあ」

夫婦でやっとカエデたちを起こすと、逆にわが家に招き入れたかのように、ソファに座るようにすすめた。

「カエデ、お茶をお持ちしなさい！」

「ははっ！」

慌てて震えがちな手で、ドリッパーにフィルターを折って載せた。コーヒーを淹《い》れる手が震えて、粉が流し台にぼろぼろ落ちた。

「仙台はやはり暖かいですねえ。花巻の方は、いやはや、真冬のありさまですよ」

「ははっ」

「冬になるととくに、息子を仙台に出して良かったと思いますなあ。仙台の気候はおだやかだ。こういう土地で家庭を持ってもらいたい」

「ははっ」

紺野夫妻は、のどかな話を続けている。これこそ、外面似菩薩内心如夜叉《げめんじぼさつないしんにょやしゃ》というものなのかと、カエデは怯えた。孝子も話にあいづちをうちながら、顔を引きつらせている。

こういう土地で家庭を――？　破談の宣告をしに来て、そんなことをいうなんて、あんまりだ。もはや、言葉の暴力ではないか。

カエデは泣きそうになりながらも、紺野夫妻の前にコーヒーを置いた。緊張していたので、かたかた震えてお皿にこぼれた。慌てて淹れなおそうとするのを、紺野夫妻も慌ててとめた。

「家族同士、そんな気兼ねは要りませんよ」

「だって……」

家族じゃないでしょう。家族じゃないと、いいに来たんでしょう。カエデは今度こそ本当に泣きそうになった。おもたせのゆべしの包みが、にじんだ。

「いく久しく、息子のことを、よろしくお願いします」

こんちゃんの父がそういい、こんちゃんの母といっしょに頭を下げたので、カエデたちはソファの上で腰が抜けた。二人とも、河童《かっぱ》に尻子玉《しりこだま》でも抜かれたような感じだった。

「あの――あの」

「でも――でも」

孝子はうろたえて、チンパンジーのおもちゃみたいに拍手をした。

カエデは自分の前に置いたコーヒースプーンを持ち上げて、思わずのけぞる。スプーンの内側に、さかさになったお鈴が映っていた。舞妓《まいこ》さんそっくりの姿で、お鈴は片手を持ち上げVサインをしていた。

「あわ……あわわ」

お鈴が何かをやらかしたのだと、ピンときた。

いつものように夢枕に立って、何かとてつもなく手荒で無謀で容赦ないことをしたにちがいない。

「あわわわわ」

狼狽《ろうばい》するカエデがスプーンを握ると、それは柄の付け根でぐにゃりと曲がった。

「おお、うちの嫁は、超能力者だ」

こんちゃんの父がそういって、愉快そうに笑った。

こんちゃんの母も、夫の腕を優しくたたきながら声を出して笑った。

村田母娘も、ようやくホッとして笑った。

第四話　幽霊物件

1

コンビニから出ると、カエデはミルクティのペットボトルをこんちゃんに渡した。自分はネクターピーチのアルミ缶のふたを開けて、とろりとした桃の味の液体をのどに流し込む。

「ああー、つかれたよー」

脈絡もなく、仙台市の不動産屋を西から東へ、北から南へと回った。

〝新居〟という言葉にデレデレしている段階は終わったのだ。真面目に住むところを探さなくては、二人の生活がスタートできない。

「今日はもう、このへんにしたらだめ？」

「もう一軒行こう、もう一軒だけ。ファイト！」

「逸子さん、八幡のアパートから越すっていってたじゃない？　逸子さんの後に入れてもらわない？　あの部屋、雰囲気よかったし」

「でも、あそこ一階でしょう。わたしは、二階より上に住みたいわけですよ」

「わかった……」

もう、どれだけの部屋を見たのか、数えきれない。

実際には、まるっきり脈絡なくさまよっていたわけでもないのだ。ネットで検索して、良かれと思ったところに行っている。だけど、なかなか決められない。

間取りは最高で家賃も手ごろ——いや、それより格安だけど、日当たりが悪くてベランダがなくて、幹線道路沿いで落ち着かず、買い物が不便——とか。

勤め先の信金に近くて間取りも良いけど、通路のコンクリートの表面がはがれてこなごなになっていて、しかも部屋が猛烈にくさいとか。長いこと空き室だったから、下水のにおいがこもっていたみたいだ。

間取り、日当たり、家賃ともに最良だけど、交通が不便で周囲に何もない——とか。

「ここはおすすめなんですよ」

傾きかけた冬の穏やかな太陽をあびながら、その日最後に回ったのは、荒町《あらまち》にあるダイヤモンド不動産という不動産屋だった。間取り図を見て気に入り、案内を頼んだら、てきぱきと応対してくれた。

「お客さん、ラッキーですね。そこ、一階から四階まで空き部屋があるんですけど、どのお部屋をご覧になります？」

「やっぱ最上階かな。天井から物音するのって、いやだもんね」

「鉄筋だから、どのお部屋も静かですけどね。わかりました、では四階を。ぼくもね、本当に良い物件だと思ってたんですよ」

若い社員はそういって、二人をクルマに乗せた。発進する前に渡された名刺には〝石《いし》村学《むらまなぶ》〟とあった。丸眼鏡の、感じの良い青年だ。

「新婚さん向けですからね。広いからお子さんが産まれても、住み続けられますよ」

「お子さんだなんて、そんな」

こんちゃんが、お約束のように照れている。

カエデは早くも、主婦のするどい目になって建物を見上げた。

「ふむふむ」

その名も、桃《もも》の井《い》ハイツ。

地下鉄の駅に近くて、部屋は鉄筋四階建ての四階で、３ＬＤＫ。築五年、日当たり良好、家賃共益費込みで月七万円、駐車場有り、買い物便利。

大通りから小路《こうじ》に入って徒歩で三分くらい、さらにもう少し細い道に入ると、すぐにくすんだ桃色の外壁が見える。分譲マンションのようにゴージャスではないが、そこそこに快適そうで、今の二人の実力とつりあっている。

中に入ると、空き部屋特有の他人行儀な空気が、さほど感じられなかった。もちろん、下水のにおいもない。

リビングと一続きになっている六畳間はともに南向きで、東、南、西の空が見えた。

夕映えに変わりつつある白い空が、やわらかくて感じが良い。駐車場をはさんで、隣家の庭に山茶花《さざんか》が咲いてきれいだ。

「早まって決めても、すぐにまた引っ越すお客さんも居ます。苦労しても、納得するまで探した方がいいです。どこかで妥協しなきゃっていう業者もあるけど、ぼく的にはお部屋探しに妥協は禁物だと思ってます」

まさに、今日一日「どこかで妥協しなきゃ」といわれ続けた。石村は、借り手の目線になってくれる人らしい。カエデはつい嬉《うれ》しくなって、こんちゃんの顔を見た。こんちゃんも、疲れの消し飛んだみたいな笑顔をくれる。

「こっちの部屋は――」

北向きの部屋にもテレビのケーブル端子があり、ここは寝室にしようかと思った。窓から見えるのはとなりの家の屋根だ。戸建ての家が多い地域なので、瓦《かわら》屋根、カラフルなトタン屋根、個性的な家なんかが見渡せておもしろい。

「この部屋はとくにおすすめなんですよ。実は、前の入居者が熱帯魚好きの人でして。水槽が重くて、床板がへこんじゃったんですよね。しかも湿気で、窓なんかカビだらけになってね」

「ありゃりゃ」

「だから、床を全面的に改装工事しまして、窓も全部二重サッシにしたんです。だから、ここは特におトクなんです。もちろん、清掃はきちんと済んでいますから、カビなんかもうないですよ」

「そっか、二重サッシか」

「床をゆがませるとか、窓がカビだらけになるってのは極端な例ですけど、普通に住んでいてもどこかしら汚れるもんですよね。うちの会社では、そういうのは経年変化として扱ってます。だから、退去のときに目くじら立てて原状回復するようにとかはいいません。うちのポリシーなんです」

一日不動産屋を回った二人は、石村のいうのがかなり良心的なことだとは察せられた。

「お風呂《ふろ》もいい感じですね。追い焚きはないのか——そうですよね」

「すみません」

風呂場は案外に広く、カエデはお気に入りの入浴剤の香りの中で、リラックスしている自分を想像した。部屋に親しみを覚えたように、風呂の空間もすぐに自分の居場所として感じることができた。

脱衣所を兼ねた洗面所には洗濯機を置くスペースがちょうど確保されている。トイレには、小さい窓とペーパーを置く棚が据え付けられていた。

「ここに決めてくださったら、大家さんにいってウォシュレットを付けてもらいます」

石村は、切り札を出した。

ここで迷ったら、地獄の底まで探しても、望む物件には巡り合えまい。

カエデとこんちゃんは、同時に同じことを考え、目を見合わせてうなずき合った。

「ここにします」

「ありがとうございます」

石村ははつらつと破顔し、信金社員も研修で習うような、しゃきっとしたお辞儀をした。

二人は石村の営業車で不動産屋の店舗までもどり、契約書を書いた。連帯保証人は、母の孝子にお願いすることになっている。

「カエデさんのいったとおり、もう一軒だけ行って良かったね」

「運命的な出会いだったよね」

薄暮の帰り道、商店街の明かりを幸せな気持ちで見ながら歩いた。

「こんちゃんの引っ越し、手伝うね」

「うん」

カエデは入籍してから引っ越すことにして、こんちゃんが先に新居に移る予定だ。

翌日、記入押印済みの賃貸契約書を、ダイヤモンド不動産に持参した。石村は相変わらずシャキシャキしていて、部屋と裏の物置の鍵《かぎ》を渡してくれる。

「あ、物置あったんだ？」

「すみません。お見せするの、忘れました」

「いやいや、借りるスペースが増える分には、オッケーですよ」

「物置に置くものあるかなあ？　本とか？」

「雨漏りの可能性がありますから、本はやめておいた方がいいと思います」

石村は正直なことをいった。

カエデたちは、納得してうなずき合う。

「じゃあ、自転車の空気入れとか」

「スタッドレスタイヤとか」

鍵をもらったので、カエデたちはさっそく新居に向かった。

まだカーテンすらないけど、昨日見たときよりもっと親しみがわいた。カーテンの色とか、家具の置き場所とか、部屋中を歩き回りながら話し合った。結婚するって楽しいなあと思った。こんちゃんも、同じことを考えているのがわかった。

「これからは、堂々と鍋《なべ》パーティができるね」

キッチンに立って、こんちゃんがいった。

「でも、管理人さんの目を気にしながら、寮に出入りするスリルも捨てがたかったよ」

和室に座り込んで、コンビニで買ったお弁当とお茶を広げた。

「この部屋に掛け軸とか、欲しくない？」

「渋いね。かたみ屋さんで買えるかな」

「あそこの品ぞろえ、洋風のが多いからねえ」

「こんちゃん、ちくわの天ぷら、半分ちょうだい。わたしの鮭、半分あげる」

「オッケー」

しんとした中で、二人の会話だけが響く。

「静かだね。さすが、鉄筋。音が吸い込まれてゆく感じ。うちなんかボロ家だからさ、近所の音が聞こえまくりだよ」

「カエデさん家《ち》は、元はお祖母《ばあ》さんの家だったんだっけ？」

「そうそう。その前はお母さんとアパートに住んでたの」

カエデはこんちゃんとシェアしたちくわの天ぷらを、おいしそうに頬ばる。

「本当に静かだなあ。この世にわたしたちしか居ないみたい」

「よく眠れそうだね」

「テレビがないと寂しいね」

お弁当を食べ終えたカエデは、飲み切れなかったお茶のペットボトルをバッグにしまった。

「うん」

「そろそろ帰ろっか」

おなかが満たされて、こんちゃんは仔犬《こいぬ》のように満足そうな顔をした。

玄関に鍵を掛けて、並んで階段を下りた。エレベーターはないけど、別に苦にもならない。建物の共用スペースは、部屋に居るときよりも、いっそう静かだった。

「住所変更とか、面倒だと思わない？」

「ううん、全然。もう、全部、楽しみ」

こんちゃんは、とても上機嫌だ。カエデも上機嫌だった。

外に出て、建物を振り返るまでは。

「…………」

四階建てで、横並びに四つの部屋がある桃の井ハイツは、どの部屋にもカーテンがかかっていない。

全室、空き部屋ということだ。

(どうして、物件を見に来たときに気づかなかったんだろう)

2

こんちゃんの引っ越しはつつがなく終わり、新居を会場に信金の同僚たちと引っ越し祝いをした。まだこんちゃんの家具しか運んでいないので、どの部屋もからっぽ同然である。独身寮の管理人も招待されて、泣き上戸の傾向があるのがバレた。

「紺野さん、おめでとう。ほんっと、おめでとう」

「ありがとうございます」

こんちゃんは、管理人の紙コップにビールをつぎ足した。

「わたし、紺野さんを最初に見たときね、いやー、ぷくぷくした人だと思ってね。こういっちゃ失礼だけど、いわゆるイケメンじゃないよね。だから、一生独身寮に居るのかな、とか思っちゃってね。そしたら、三十前にお嫁さんをもらって、寮から出ちゃうんだもの」

管理人は、ぐぐーっとビールを飲み干し、紙コップをマイクのように持った。

「一曲、いい？」

だれも、駄目という理由がない。

管理人もいささか目を据わらせつつ、駄目なんていわせるつもりはない。応援団長みたいな大声で、『津軽《つがる》海峡冬景色』を歌い出した。

カエデの先輩の女性社員が、あわてて止める。

「ちょっと、ちょっと、管理人さん。近所迷惑だから、声のトーン落として」

「いいの、いいの。このマンション、入ってるの、うちだけだから」

カエデがそういうと、だみ声の『津軽海峡冬景色』をBGMに、一同はいっせいに顔から笑いを消した。

「冗談？」

「いや、本当だよ」

カエデは口の端だけで笑って、こんちゃんの顔を見た。

「ね」

「う、うん」

こんちゃんは、取りつくろうように、一同の顔を見る。

歌い終えた管理人は、絶唱の間も話を聞いていたらしく、さっそく会話に加わった。

「ちょっとマズイんじゃないの？　これとか？」

幽霊の真似をするので、一同はシーンとなってしまった。皆が同じことを考えていたのだ。

「ば……バカなこと、いわないでくださいよう」

カエデが笑い飛ばそうとしたとき、玄関のチャイムが鳴った。

「ぼくが出る」

こんちゃんが立ち上がったので、皆はわれに返る。

「なんかさー、世帯主って感じだね。頼もしいね」

「やだ、お客の応対に出ただけじゃないですか」

「ていうか、騒音の苦情だったら、どうしよう。本当は、ちゃんと住んでるんじゃないの、ここ？」

「いやー。どこの部屋の窓も、カーテンないんですよね」

カエデたちがぼそぼそと話していると、こんちゃんが変な顔をしてもどって来た。

「だれも居なかった」

こんちゃんの独身寮仲間が、すかさず身を乗り出した。

「からっぽのマンションで、ピンポンダッシュ？　それって、おかしくね？」

一同は顔を見合わせて、ひっそりしてしまう。

管理人がパン、パン、と音頭のリズムで手拍子した。

「ささささ、皆さん、陽気に行こうよ、陽気にさあ」

管理人が『東京五輪音頭』を歌い出す。一同は、強制的に手拍子をさせられた。

結局のところ、からっぽのマンションなら遠慮はいらないという結論に至り、皆がアカペラでめいめいの得意な歌を披露した。こんちゃんと、寮仲間の村上大海《むらかみひろみ》が、サイモン&ガーファンクルの『サウンド・オブ・サイレンス』を歌ったのだが、これが本当に上手《うま》かった。

深夜まで騒いだ一同は、階段でもエントランスでも駐車場でも騒いで、それぞれの帰路についた。タクシーを止めてくれるこんちゃんの後ろ姿を見ながら、カエデはあのがらんどうの桃の井ハイツに、こんちゃん一人を残して帰るのが心配になった。胸と胃袋が、ひりひりするのだ。

それは、胸騒ぎというものだった。

＊

引っ越し祝いの翌日は、土曜である。

カエデは自分の持ち物を少しと、近くのスーパーで買った食材を両手に提げて、新居を訪れた。

冬なのに、葉物野菜が安かった。チンゲン菜なんか、八十八円である。キャベツを半玉と、玉ねぎと、ピーマンで、焼きうどんを作ろうと思う。デザートは、売り出ししていたバニラアイスクリームだ。

（うわー、重たい、重たい）

来てしまうと、胸騒ぎもしないし、不吉な感じもまるでない。冬らしい透明感のある青空の下で、日差しがほんのりしていて気持ちが上向く。これから新婚生活が待っているのだから、暗くなる方が難しいのだ。

あまり広くないエントランスでは、年配の女の人が掲示板にプリントを貼っていた。

「大家さんですか？」

「いいえ、いいえ。わたしは近所の雪田《ゆきだ》ともうします」

「わたし、今度四〇一号室に越してきた村田です。そのうち、紺野になります」

「あら、新婚さん？」

小柄でちんまりした感じの雪田さんは、人のよさそうな顔で優しく笑った。

掛け値なしに幸せな立場であるカエデは、あんまりバカっぽくならないように、慎重に笑顔を返した。信金の窓口において笑顔でいるのが仕事のひとつであるカエデは、ちょっとした笑顔博士である。カエデ博士の研究によると——。大人になったら、あけっぴろげな笑顔はかえって相手を警戒させる。初対面の人には、感じのよい作り笑いというのが、ちょうどいいのだ。

案の定、雪田さんはカエデを落ち着いた常識人と評価してくれたようだ。

「今が一番、お幸せな時期ねえ」

「いえいえ、どうなることやら――」

明るくいうと、雪田さんは小さな声で笑った。

雪田さんの去った後、掲示板に新しく貼られたプリントに目をやった。

さわやかヨガ教室、特殊詐欺にご用心、公園緑化ボランティア募集、玉石講《たまいしこう》幹事会のお知らせ。

(玉石講？　なんだ、それは)

買い物バッグの中のバニラアイスのことを思い出して、あわてて階段をのぼった。

＊

カエデは翌日もやってきた。今日も今日とて、新居に荷物を運びがてら、こんちゃんと二人で部屋のレイアウトを考える。思いのほか寒いので、持って来たものの片付けが終わると、リビングのこたつにもぐりこんだ。

「家具も新調しなくちゃ」

武藤逸子の部屋みたいに、合板ではない本物志向の家具を置きたいというのが、二人の一致した意見だった。それを入手するのは値段的に困難をともなう。それに、重量もありそうだ。

「披露宴のことも、そろそろ考えなくちゃいけないよね」

「普通は、もっと前から考えていると思うんだ」

「新婚旅行も、どこに行くかとか……」

玄関のチャイムが鳴ったので、二人して身構えてしまった。この前みたいに、無人の建物でピンポンダッシュ……なんて怪奇現象がまた起こったのなら、怖い。

「どうする？」

「まずは、インターホンに出よう。……というか、ぼく、出ます」

こんちゃんは、リビングの壁に取り付けてある受話器を耳にあてた。

「はい」

——あの、雪田と申します。

「雪田さん？」

こんちゃんがいうので、カエデがぴょこんと飛び上がった。

「近所の人なの。わたし、出る」

いそいでドアをあけると、小柄な雪田さんが笑っていた。分厚いセーターを着て、鼻の頭を真っ赤にして、菓子箱をもって「寒い、寒い」と目を丸くしている。

「雪が降ってきたわよ」

「本当ですか？」

カエデは身を乗り出して、階段の踊り場の窓を見やった。空は晴れているのに、羽みたいな雪が、ふわふわと降っていた。

「それは、そうと。ケーキを焼いたのよ。食べるかしら。パウンドケーキ」

「ええ、ほんとですか？　食べます！　ありがとうございます！」

子どもみたいに喜んでしまったが、わざわざおすそ分けに来てくれた雪田さんも、ホッとしたように破顔した。

「おあがりになりませんか？　まだ何もないんですけどね」

「新婚さんのおたくにお邪魔するなんて、それこそお邪魔でしょう」

「いえいえ。今、煮詰まっていたところなんです」

「煮詰まる？」

「結婚式をどうしようかとか、新婚旅行はどうしようかとか。いわゆる、結婚の通過儀礼ってヤツですね」

「まあ、ぜいたくなことといって」

雪田さんは、カエデにさそわれるまま、嬉《うれ》しそうにリビングに上がった。

こんちゃんが、床板に正座して挨拶《あいさつ》した。こんちゃんは短足で脚が太いから、正座なんかすると、すごく背高に見える。カエデは笑って足をくずすようにいってから、雪田さんとこんちゃんを引き合わせた。

「わたしの旦那《だんな》さんになるこんちゃんです。こちら、ご近所の雪田さん。エントランスの掲示板におしらせとか貼ってくれているんだよ。今日はパウンドケーキをいただいたの」

「わあ、ほんとうに?」

こんちゃんは背高の正座状態から立ち上がると、キッチンに皿と紅茶を出しに行った。

「この建物は、新しいんだけどね」

雪田さんは、入居者が居ないということをいっているらしい。近所だから見慣れているせいか、引っ越し祝いの信金の人たちみたいには深刻な顔はしない。

「でも、またすぐに借り手がついて、満室になりますよ。現に、満室だったときもあるんですからね」

雪田さんは、まるで管理人みたいにこの桃の井ハイツを見守ってきたらしい。

こんちゃんがまめまめしく働いて、三人分の紅茶を淹《い》れ、パウンドケーキを切り分けてこたつまで運んできた。ケーキのかたわらにバニラアイスを添えるところが、几帳面《きちょうめん》かつ食いしん坊のこんちゃんらしい。

「おいしそう」

断面から砂糖漬けの果物とナッツが顔をだしている。生地からラム酒のかおりがした。

こんちゃんは正座をやめてこたつに入り、嬉しそうにケーキを頬張る。一口たべて目がきらきらし出したので、雪田さんは満足そうにカエデと顔を見かわした。

「ここはね、むかしは大きなお屋敷が建っていたんですよ。そこを取り壊して、マンションにしたの。奥さんが亡くなる前は、よくこうしてお茶を飲みながらおしゃべりしたもんですよ」

「じゃあきっと、立派な家具とかあったんでしょうね」

さっきまでの夢の新居構想を思い出して、カエデがいった。本物志向の家具をあきらめたことをいうと、雪田さんはおおらかに手を振る。

「そういうのは、一つ一つ、ゆっくりそろえていけばいいじゃない。新しい生活は、これから始まるんだから」

「なるほど、そうか。でも、結婚式とか新婚旅行は、うかうかしてられませんよね」

「そうね。なにせ、新婚旅行とか、結婚披露宴っていうくらいだから」

「わたしは、披露宴は省略してもいいと思っているんですけど……」

「ぼくの両親が、披露宴に命をかけているんです。ごめんね」

こんちゃんが、すまなそうにいった。

「あやまることないですよ。ねえ」

「そうそう。親の夢なんだから、かなえてあげるのが親孝行」

結婚にかける資金は決して潤沢ではない。こんちゃんと居られるなら新婚旅行も省略してもいいと思っているカエデだが、その一方で思い切って世界の果てまで行ってみたいとも考えている。たとえば、イースター島のモアイを見たい。もっともそんなことは夢想の域を出ず、どれくらいの費用が要るのか、どうやったら行けるのか、全く調べていないのだ。家具を買い揃えるとか、二人で住むことなんかは現実的に考えられるのだが、結婚式や新婚旅行なんてまるで他人事《ひとごと》のようで、少しも実感がわかないし、困ったことに熱意にも欠けている二人であった。

「イースター島でも、どこでも、行きたいと思ったときがチャンスなんだから。思い切って、見てらっしゃいよ」

雪田さんが、熱くいう。そして、恥ずかしそうにくすくす笑った。

「わたしの新婚旅行なんか、松島でしたよ。仙石線に乗って、松島。でも、楽しかったわあ。海のそばの、ちょっと土手みたいなところに上がったのよ。そのときはまだ、うちの人も敬語なんか使うのよ。その土手から降りるとき、わたしが怖がっていたらね」

――おれに、たもづがまってください。

若き日の雪田さんの旦那《だんな》さんは、照れくさそうにそういったという。

「タモヅ……？」

カエデが頭に「？」を付けていると、こんちゃんが説明した。

「抱きついてくださいって意味ですよね」

「ふうん。雪田さんは、たもづがまったんですか？」

「いえいえ。こっちだって照れくさいから、肩にちょっとだけ手を掛けてね。けっこう、それだけでも、怖くなくなるものなのよ」

「いやー、ご主人は、たもづがまってもらいたかったんですよ」

「そうかしら」

雪田さんは嬉《うれ》し恥ずかしといった風に、二人をたたくそぶりをして見せた。

話はお国言葉のこととなり、こんちゃんは意外にもコテコテの岩手弁を披露して、カエデを喜ばせた。雪田さんの仙台弁も、なかなかのものである。地元っ子のカエデだが、こんちゃんの言葉はもちろん、雪田さんのネイティブなしゃべりがわからなくて、あきれられた。

桃の井ハイツのそこだけひとけのある四〇一号室では、ずっと他愛ない話が続いた。

「いいご近所さんが居て、よかったね」

実家にもどるカエデを一階まで見送って、こんちゃんがいった。

階段とエントランスを照らす蛍光灯の光が、無機質で白かった。

＊

翌日の昼休み、カエデは階段の踊り場で、総務担当のパートさんから声を掛けられた。

ほかの銀行に勤めていた経験のある人で、結婚して子育ても一段落したので、広瀬信金で働いている。パートさんたちはきっちり九時から五時までの勤務で、外回りはなし、残業はなし。制服が同じだから、お客から見れば社員と区別はつかない。業務経験者が多いので、社員以上によく働く人が多い。

……が、このパートさん、田辺《たなべ》さんは、ちょっと不思議ちゃんな人である。仕事のスペックのほどは、いっしょに働いたことがないからわからないが、ときたま、天井を見上げて「霊が居る」とかいったりする。お鈴たちに悩ませられているにもかかわらず、カエデには田辺さんのいう霊が見えたためしがない。

「村田さん、送別会はいつがいい？」

「送別会？　だれか辞めるんですか？」

カエデが問い返すと、田辺さんはきょとんとして、こちらに人差し指を向けた。

「村田さん、寿退社するんじゃないの？」

「やめませんよ、やだなあ」

カエデは、不思議ちゃん田辺さんの思い込みを笑顔で訂正した。

「そっか、仕事に人生をかけてんだ？」

「別にかけていませんけど」

今度はさすがに笑えない。田辺さんの目に霊が見え始める前に退散しようと階段を下りかけたら、頭上からお猿に似た猿藤《えんどう》課長の声がした。

「なんだすぺ、村田さんは仕事に人生をかけてねえっすか？」

女川《おながわ》出身の猿藤（本当は遠藤《えんどう》）課長は、Mr.宮城県というような話し方をする。支店に何人か居る課長の中で、最も仕事に熱い男だ。

「かけてます、かけてます」

カエデが慌てていると、一階からいささか青ざめた顔のこんちゃんがあがって来た。青ざめるだけではなく、頬の辺りが引きつってもいる。

「カエデさん、ちょっといい？」

こんちゃんがそういうのを聞いて、田辺さんは霊ならぬ空気を察して、猿藤課長の背中を押した。猿藤課長は「おやおや、待ってけさい」と慌てて、しかしやっぱり結婚間近の二人を見て祝福モードで去って行く。その中で、ひとり深刻なのは、ほかならぬ結婚間近のこんちゃんだ。

「カエデさん、これ見て」

踊り場のすみっこで、こんちゃんはスーツのポケットから何やら取り出した。四つに折った、A4サイズの紙である。それと、筆でなにがしかが書かれている半紙だった。

「今朝、うちの郵便受けに入ってたんだ」

封筒はない。

郵便ではなく、それぞれがむき出しで入っていたという。

A4の方には、こう書かれていた。

『玉石講は邪教です。決して入会してはなりません。玉石講から来た手紙は、必ず焼き捨ててください。さもなければ、あなたが不幸になります』

半紙に筆文字の方はというと、

『今月十日は玉石講の集会日です。来年は、あなたが幹事の年となりますので、必ず参加してください。場所：明朗会館《めいろう》、日時：十二月十日・十五時より／議題一、来年の幹事会について。議題二、玉石講を誹謗《ひぼう》する妨害者の排除について』

とある。

反発し合った内容で、どちらも怪しい。どちらも剣呑《けんのん》な感じがする。

「不幸になりますって……妨害者の排除って……」

カエデが眉《まゆ》をひそめると、こんちゃんは泣きそうな顔をした。

「どうしよう。十日っていったら明日《あした》だよ。どうしたらいいと思う？」

「行くのは、なしでしょう。とりあえず、無視。どっちかがしつこくいってきたら、ダイヤモンド不動産に相談だね」

カエデはごくまっとうなことをいった。

これくらいのこと、こんちゃんだって思いつかないはずはない。

カエデのいうのをうなずいて聞いていたこんちゃんだが、少しも顔色が晴れないのは、ちょっとこんちゃんらしくなかった。

「ほかにも、何かあったの？」

「うん……」

こんちゃんは、ふくふくした頰を、子どもみたいにもっとふくらませた。

「それがね、部屋が掃除してあるんだよね」

「掃除って？」

「朝、忙しくてお皿とかをシンクに置きっぱなしにしていたりするでしょ。それが出かけて帰って来ると、きれいに洗って食器棚に入ってるの。――カエデさんがこっそり来て、片付けてくれたとか……？」

「すみません。ふつつかな嫁なんで、そんなことしてません――って、それ、ちょっとヤバくない？　だれかが、部屋に入って来ているってことじゃない」

カエデが深刻な顔をすると、こんちゃんはますます暗くなった。

3

怪しい手紙で、こんちゃんはすっかり凹《へこ》んでいた。

親の反対も克服し、結婚をひかえて新居探しもやっとクリアした時点で、こんちゃん的には気がゆるんでいたのだろう。こんちゃんのことは、春のひだまりみたいな人だからあまり心配なんてしていなかったけど、新居確保に至るまでには、カエデが思う以上に神経をすり減らしていたようだ。

二通の怪しい手紙と、お皿洗い事件は、ホッとひといきついたこんちゃんを、後ろからド突いたようなものだった。

痴漢騒動のときは、こんちゃんが自宅とは反対方向のカエデの家まで、毎日送り迎えしてくれた。だから今度は、カエデがこんちゃんを助けよう。桃の井ハイツに、予定より早く引っ越そうというと、こんちゃんは大反対した。

「だれかが忍び込んでいるかもしれない部屋に、カエデさんを住まわせられると思う？」

こんちゃんは、たとえ満身創痍《そうい》になろうとも、カエデを巻き込むことは望まない、いいヤツなのだ。そして、ちょっと水くさいヤツなのだ。そんな水くさいこんちゃんを元気づけるには、美味《おい》しいものを食べさせるのが手っ取り早かった。

「まあ、一杯飲んでおちつこうよ」

仕事を終えてから、二人で信金の近くの居酒屋〝ひさご〟に行った。

月曜日だけど、肴《さかな》が美味《うま》いひさごは混んでいる。

カウンターで飲んでいるおじさんたちに席をつめてもらって、二人で割り込んだ。

「怪しい新居に乾杯！」

カエデがやけっぱちな冗談をいうと、こんちゃんは眉毛《まゆげ》を下げて無理にわらった。

（こりゃ、相当参ってるなあ）

カエデはいつにない大胆な決断力をもって、つぎつぎと料理を頼んだ。それでなくても、カエデはこういう場所に来ると、後先考えずにどんどん注文してしまうので、全部食べてくれるこんちゃんはなくてはならぬ存在だ。そして、今日はしぼんだこんちゃんを元気づけるのに、注文魔のカエデは気合いをいれた。

「大将、焼きホッケと、筑前煮《ちくぜんに》と、厚焼き玉子と、イカと里芋の煮物と、チンゲン菜としめじのおひたしと、メンチカツをください」

「今日もハラペコだね、お二人さん」

大将は冬だというのに、半そでTシャツから筋肉をむきむきさせて張り切った。

そのとき、出入り口の戸が開いて、爆音みたいな胴間声が響いた。

「大将、居だすかー！」

居なきゃ開店していまいよ、という突っ込みを胸に、店のお客のほぼ全員が振り向いた。胴間声のおじさんは、そんなの全然気にせず入ってくる。手にはクーラーボックスをさげていた。

「アイナメと雪見ガレイだ。料理してけさい！」

「佐藤さん、釣りさ行ったすか。大漁だっちゃ」

カウンターに居た常連らしいおじさんが、合いの手を入れると、胴間声の佐藤さんはマシンガンみたいに笑った。そのがっしりとした体軀《たいく》のうしろに、カエデは「え？」と目を凝らす。桃の井ハイツのご近所の、雪田さんが居たのだ。

（え？　なんで？　このモーレツおじさんの連れ？）

胴間声の佐藤さんは「ガハハハ」と笑いながらカウンターまで来る。雪田さんは、ちょこちょこと、その後ろをついて来る。

「カエデちゃん、こんちゃん、ほれ、ホッケとメンチカツだ」

「あ……はいはい」

カエデは、カウンターに目をもどして皿を受け取る。

「こんちゃん、食べよう。ほくほくで、おいしそうだよ」

もう一度振り返って、雪田さんに挨拶《あいさつ》しようとしたのだけど、胴間声の佐藤さんの後ろにも、せまい店のどこにも雪田さんの姿は見えなかった。

「あの……、雪田さんとお知り合いですか？　雪田さんは……？」

どこ、と訊《き》こうとしたら、佐藤さんはまた「ガハハハ」と笑った。

「雪田さんて、誰だすぺ？」

「いっしょに入って来たんじゃ？」

「おねえさん、おっかねえこというなっちゃ。おれ、一人で来たよ」

「え――あ――すいません」

この元気のかたまりの佐藤さんと、ちょこんとおしとやかな雪田さんが、いっしょに居酒屋に来るというのは、なるほどありそうにもない図だ。さりとて、雪田さんは一人で居酒屋に来るタイプでもない。

「幽霊だっちゃ、幽霊」

カウンターの常連が、口々にいう。胴間声の佐藤さんは、悲鳴をあげた。

「やめろって、怖いべ」

「おねえさん、霊感あるすか？　霊能者だっちゃ」

「いやいや。それほどでも」

カエデは褒められた気がして、謙遜《けんそん》しながら細かく頭をさげる。その間にも、常連と大将の興味は、佐藤さんの獲物に移っていた。カエデはあらためて店内を見渡すけれど、やっぱり雪田さんは見つけられなかった。

(目の錯覚だね)

気を取り直して、こんちゃんの横顔を見た。

好物の焼きホッケが効いたのか、こんちゃんは別人のように復活をとげている。

「カエデさん、あたたかいうちに食べて」

骨を上手にはずして、身をカエデの取り皿に分けてくれた。

「ホッケ、美味しい？」

「すごく美味しい」

「良かったあ、こんちゃんが元気になって。茶碗蒸《ちゃわんむ》しも頼もうか？」

「まだ幼稚園のころね、篠原《しのはら》さんの家にはサクランボの木があってさ。ぼくは仙吉《せんきち》さんといっしょに庭に忍び込んで、サクランボを採って食べたの」

こんちゃんは、唐突にそんな話をした。ビールに酔ったのか、えらく楽しそうだ。お酒に強い人だから、こんなに気分が変わるのは初めて見た。

(まあ、元気になるならいいけどさ)

カエデは「うん、うん」うなずきながら、

「こんちゃん、茶碗蒸し食べない？」

茶碗蒸しは、カエデが食べたかったのだ。

でも、こんちゃんは自分の話に夢中で、カエデの提案は無視された。お酒が入っているし、店の中はにぎやかだし、カエデは気にせずにまた「うん、うん」といって耳を傾ける。

「篠原さんは、小学校の先生をした人で、すごく怖い人だから、もうビクビクものなんだ。ぼくは木登りが下手で、サクランボを採るのは仙吉さんの役割なの。そのサクランボがうまくてさあ」

こんちゃんは、不思議ちゃんの田辺さんみたいな目をした。霊が見えているような目だ。カエデは、いささかこの話に飽きてきた。

「仙吉さんの家に泊まりに行ったとき、おじいさんの部屋に寝かされたんだけどね。びっくりしたのは、おじいさんが全裸で寝る人だったわけ。しかも夏で、おじいさんったら寝相が悪いの。仙吉さんもぼくも、これは見ちゃいけないものだと思って、夜中に押入れの中に逃げたんだけどさあ。そんなことをしてたら、おじいさんに見つかって怒られるとか思って、何か必死でさ」

こんちゃんは、おかしくてたまらないというみたいに、声を殺して笑った。

「こんちゃん、茶碗蒸し食べない？」

もう一回訊いてみたけど、こんちゃんは笑うのが忙しくて耳を貸してくれない。

カエデは上手に作り笑いをしていたけど、顔の皮一枚下では笑っていなかった。

こんちゃんとの付き合いは、母の孝子に〝長すぎる春〟といわれたくらい長いが、これまで仙吉さんという人の話なんて聞いたこともなかった。だいたい、平成生まれのこんちゃんに、仙吉などという時代劇の登場人物みたいな名前の幼なじみが居るとも思えなかった。

「こんちゃん、結婚式、どうしようか？」

「は？」

こんちゃんは、エントロピー増大の法則の話をふられた文系の人みたいに、目をぱちくりさせた。カエデは念入りな笑顔を作る。

「ううん。なんでもない」

「それで、仙吉さんがぼくにいうんだよ——」

こんちゃんが仙吉さんの話をするのを、あいづちを打って聞きながら、カエデは茶碗蒸しを注文した。

＊

本当寺の、完成したての茶室はお鈴に占拠されていた。

カエデが持参した上生菓子を住職自慢の骨董《こっとう》の皿に載せ、お鈴は住職自慢の茶碗《ちゃわん》で抹茶をたてている。下地窓から、冬枯れの庭が見えた。わびさびにとんと理解のないカエデには、三畳間と半畳の床の間は、ひどくせまく思える。

「カエデ、茶室で体育座りしない。きちんと正座しなさい」

お鈴は主人の席に座って、こちらをにらみつけた。床の間に幽霊画が掛けてあるのは、お鈴流の冗談なのだろうか。

「はいはい、はいはいはい」

カエデはもぞもぞとひざを折る。短足のこんちゃんほどではないが、正座は苦手である。

「はいは、一回といつもいってるわよね」

「はいはい」

「だけど、珍しいわね。あんたの方から、わたしに相談だなんて」

お鈴は、お嬢さまのくせに、悪漢みたいに片方の口の端をつりあげてニタリと笑った。実はこれは照れ隠しで、お点前《てまえ》を披露できるのが嬉《うれ》しいらしい。いや、カエデに頼られるのが嬉しいのだ。

カエデとしては、この人使いの荒い幽霊にはなるべく借りを作りたくない。弱味をにぎられれば、お鈴はそれをどこまでも有効活用するのは目に見えているからだ。でも、今度ばかりは、ぜいたくをいっていられる場合じゃなかった。なにせ、こんちゃんの身に、何かが起きている——気がする。

「だってね、絶対に変なんです」

カエデは、大振りの茶碗を持てあまし、傾げたり回したりしてからごくりと飲んだ。お茶はせっせと磨いた歯磨きほど泡立っていて、飲み干したカエデの口は緑色になった。

「どうなの？」

お鈴が、怖い声で訊く。

「どうって？」

「けっこうなお点前で、とか何とかいいなさいよ。美味《おい》しいとか、まずいとか」

「まずいなんて、いっていいんですか？」

カエデは片手で生菓子を持ち上げて、ふた口で食べた。奮発しただけあって、こちらは美味《うま》かった。

「お菓子は美味しいですね。さすが、わたしのおみやげです」

「まったくもう、無粋なんだから」

お鈴がへそを曲げるのを制して、カエデは話をつづけた。

「無粋とかは、置いといて――。絶対に変なんです。だれも入居してないマンション、でしょ。怪しい玉石講への勧誘、でしょ。同じ玉石講への警告、でしょ。だれかが勝手に部屋に入ってお皿を洗ったり片付けたり――。でも、一番におかしいのは、こんちゃんなんです。なんか、別人になっちゃったみたい」

「別人ねえ」

お鈴は自分でもお茶をひとくち飲んで「苦いっ」と顔をしかめた。飲み残しを、カエデに差し出す。

「残ったの、飲んでいいわよ」

「やっぱ、まずいんだ。まずいから、わたしに押し付けてんだ」

「主人が奉公人にお茶をあげるっていうんだから、ありがたく飲みなさいよ」

「だから、奉公人じゃありませんてば」

「それが、人にものを頼む態度？」

「はいはい、奉公人ですよ、はいはいはい」

カエデは、お鈴から金泥に赤い牡丹《ぼたん》が描かれた、ぜいたくな茶碗を受け取った。お茶は、ひときわ苦かった。

4

まだ暗い早朝のことである。

ダイヤモンド不動産の社員、石村学はおそろしくリアルな夢の中に居た。

彼は会社に居る。そして、猛烈な尿意を覚えていた。

しかし、お客の対応をしている最中なので、席を立てないのである。

お客は舞妓《まいこ》さんだった。ナナカマドの刺繍《ししゅう》をした振袖《ふりそで》を着て、帯を優雅に長く垂らし、少女らしい形の日本髪に、銀の飾りがモビールみたいに揺れるかんざしを挿していた。そして、顔立ちが極端に可愛らしい。その可憐《かれん》さに反して、態度は社長の百倍くらい高圧的だった。

「桃の井ハイツというマンションのことだけど」

「はい、大変にお手頃な物件になっております」

話が動きそうなので、石村青年は意気込んで答えた。内見のクルマを出す前に、トイレに行けばいいのだ。

「築五年、全室南向きで、３ＬＤＫ――」

「そういうことは、いいのよ」

舞妓さんは、全然はんなりしていない口調でいった。

「どうして、あのマンションには入居者が居ないのかしら？」

「え……。先日、入居された方がいらっしゃいますが……」

「あの二人は、あんたにだまされたんでしょ」

舞妓さんは邪悪な感じで微笑んだ。石村青年は慌てた。

「だましたなんて、とんでもありません」

「玉石講って、何？」

舞妓さんは、仁王さまみたいに爛々《らんらん》とした目で青年を見据える。

悪いことをしたら――うそをついたら、地獄で閻魔《えんま》さまに舌を抜かれる。小さいころ、おばあちゃんにいわれたことが、夢特有の強迫観念で石村青年の意識に迫っていた。こんなに可愛いのに、舞妓さんのイメージは、閻魔大王を容易に連想させるのである。

「玉石講というのは、あの町内の宗教というか……民間信仰みたいなものでして。球体の石を拝んで、お酒を奉納したり、御詠歌っていうんですか、そういうのを歌ったりするんです。

でも、高齢化でメンバーがどんどん減っているせいで、いささか強引な勧誘をするらしいんですね。住民強制参加……的な」

「桃の井ハイツにも、そういう勧誘が来るわけね？」

「そうみたいです。しかも、玉石さまってのを秘密めかしているから、誘われた人は不気味がって、マンションから退去する人も居たりして」

舞妓さんは、半紙に筆で書かれた玉石講幹事会のおしらせを見せた。

「はいはい。これですね」

うなずいた拍子に、あやうく失禁するところだった。石村青年は股間《こかん》に力を入れてふんばった。

「玉石というソフトボール大の丸い石が守り神ということで、それを拝むんです。でも、宗教ってよりは、ごっこ遊びですよ。お年寄りの信心ごっこ。玉石さまをダシに……といっちゃ何ですが、ことあるごとに親睦《しんぼく》会をするための集まりらしいですよ」

「だけど、居丈高なのよね」

「メンバーが減って、存続の危機を前に、態度が硬くなったというか……。町内の人は強制参加ってスタンスだけど、元から住んでいる人はわかっているから相手にしないんですね。ただ、新しく引っ越して来た人に、いきなり幹事とかの役職を振るのも、最近のパターンのようです」

「たちが悪いわ」

「でも、本当にただの仲良しクラブで、幹事というのも飲み会の幹事と変わらないんです。〝玉石さま〟を拝んで、おどろおどろしいポーズをとるというのが伝統らしく、それに加えて『入会させてやる』っていう上から目線も感じ悪いし、お年寄りが中心メンバーなんで集会の時間が早くて、若い人なんか仕事を休まなくちゃいけないとか――。そんな感じですから、とことん、参加しづらい集まりなんです」

「なるほど、仲良しクラブねえ」

舞妓さんは、細い指をもたげて頬に触れた。美しいしぐさだった。

「でも、そのことを入居者に黙っていたのは、チョンボだわよ」

「あの……すみません」

石村青年は足を内股《うちまた》にして、もじもじした。

舞妓さんは次に、Ａ４判コピー用紙に印刷された、玉石講に関する警告文を広げる。

石村青年は、下半身をもじもじさせながら、上半身を乗り出した。尿意もがまんしていると、慣れてくるような気もする。

「ああ、これは佐野《さの》さんです」

「佐野、さん？」

「以前、桃の井ハイツに入居していた人で、玉石講の勧誘にひどく反発して、トラブルになったんです。佐野さんはそれが原因で退去したんですが、ちょっと意地になっているみたいで……。ほかの入居者の郵便受けに、こうした警告文を投げ入れるんですよ。それがかえって怪しげだっていうんで、うちにも苦情が来たりします。本人にもやめるように頼んではいるんですが、なかなか聞き入れてもらえなくて——。こちらも四六時中見張っているわけにもいかないんですけど、会社としては警察沙汰《ざた》にするほどでもないという判断なんですよ」

「けしからん」

舞妓さんは、振袖をぶんッと振って腕組みをした。

石村青年は気弱にうなずく。

「ですよね」

「じゃなくて。こんなトラブルに入居者を巻き込んだあんたたちが、けしからん、なの！」

舞妓さんは竜笛をぴぃーっと吹くような鋭い声で決めつけた。石村青年は、内ももをぴったりくっつけて、一センチほど飛び上がった。

「すみません」

「じゃあ、本題に入るわよ」

「ええ？」

石村青年は悲鳴を上げた。

「まだ本題じゃなかったんですか？　ぼく、お手洗いに行って来て、いいでしょうか？」

「だめよ」

舞妓さんは無情にいった。

「はやく御手水場《おちょうずば》に行きたかったら、きりきり白状するのね」

「白状って何を……」

石村青年は、両手を振り上げて変な踊りをおどった。尿意をこらえるためだ。

舞妓さんは、それくらいじゃ、毛ほども動じない。

「桃の井ハイツに出る幽霊の正体をいいなさい」

「ええ？　幽霊が出るんですか？」

「しらじらしい」

舞妓さんは、片頬をゆがめて不機嫌に笑った。

「あのマンションは事故物件。しかも、建物全体が事故物件なのよね。思うに、あの土地で亡くなった人が居るわね」

「するどい！」

そりゃ、世の中にはたくさんの人が居て、いつも生まれたり死んだりしている。どこだって、亡くなった人は居るだろうさ。頭の隅でそう思ったけど、話を早く終わらせたくて、石村青年はお世辞をいった。

「あの土地にはもともと、大きなお屋敷が建っていたんです。中鉢《ちゅうばち》仙吉さんというお年寄りが一人で住んでいたんですが、孤独死したんですよ。仙吉さんの息子さんが、土地建物を相続して、マンションに建て替えたわけなんですけど――。幽霊が出るとしたら、大家さんのお父さんの、中鉢仙吉さんですかね」

「ふうん」

舞妓さんはようやく立ち上がった。

石村青年はガッツポーズしたいほど嬉《うれ》しかった。それでつい、こっくりさんでもやっているみたいなことを、口走った。

「お帰りいただけるんですか！」

「ええ。御手水場に行っていいわよ」

「ありがとうございます！」

さりとて、ここは夢の中だ。夢で見るトイレというのは、往々にして用を足すに無理なものばかりだ。

石村青年が夢で直行したトイレは、キャビネットの中の引き出しに、テプラで小さく『WC』と印字されていた。ひきだしを開けると、リカちゃん人形が使うような、小さな小便器が並んでいる。……いや、リカちゃんは決して小便器は使うまいが。

「どうやったら、これを使えるんだよ！」

石村青年は、夢の中で慟哭《どうこく》した。

＊

茶室の今日の客は、桃の井ハイツの近所に住んでいる雪田さんだった。

雪田さんは年配の婦人が好む地味な花柄のブラウスを着て、これまた年頃に似合ったむらさきがかった地味な茶色のズボンをはいていた。昭和の中頃から、この年代の人の服装は変わらないわね、とお鈴は思った。

だけど、どの年代だというの？

雪田さんは、六十五歳くらいに見えた。

お鈴は、住職が祖父の代から大事にしてきた志野《しの》焼きの茶碗《ちゃわん》を勝手に使って、しゅるしゅるとお茶をたてた。雪田さんは、落ち着いた様子で正座して、お鈴の所作を見守り、茶室に飾られたクリスマスローズの花を見た。名前に反して地味でうつむき加減の花は、わびさびの茶室に不思議と合っていた。掛け軸は凄惨《せいさん》な幽霊画である。雪田さんは、ちょっと顔をしかめた。

「どうぞ」

お鈴のたてたお茶は、ココアの味がした。いや、ココアなのだ。ふくふく泡立って甘いココアは、雪田さんの気持ちをなごませたようだ。

「それでね――」

雪田さんは、さっきから楽しそうに話し続けている。

「篠原さんの家には、サクランボの木があるのよ。わたしはまだ小さいころね、仙吉さんといっしょに、こっそり庭に忍び込んでサクランボを採って食べたの」

「そうなんですか」

お鈴はやさしく促した。

雪田さんは作法通りにココアを飲む。

「篠原さんは小学校の先生をした人で、すごく怖い人だから、見つかったら大変。こちらは、もうビクビクものなのよ。わたしは木登りが下手だから、見張り番。サクランボを採るのは、仙吉さんの役割なの。そのサクランボの美味しさときたら――」

「仙吉さんとは、仲良しだったんですね」

「ええ、本当に。一度、仙吉さんの家に泊まりに行ったとき、おじいちゃんの部屋に寝かされたんですよ。そしたら、びっくり。おじいちゃんが、裸で寝る人なんですもの。しかも、寝相が悪いでしょう、掛布団なんかふっ飛ばしちゃって、あなた――」

雪田さんは、遠い記憶の中の自分と同じく目をまん丸くする。

「仙吉さんもわたしも、これは見ちゃいけないものだといって、夜中に押入れに隠れたのよ。でも、そんなことしておじいちゃんに見つかったら、それこそ雷を落とされてしまうわ」

「雪田さん、あなたは」

話をさえぎって、お鈴が低い声を出す。とても冷たい、刃物のような声だ。

「亡くなってるのよね」

お鈴は、古い新聞を二枚、すっと差し出した。

桃の井ハイツが建つ前、そこにあった大きな屋敷の当主、中鉢仙吉は孤独死した。

中鉢家と親しくしていた、仙吉の幼なじみの老婦人もまた、独り暮らしで独りで死んだ。

中鉢仙吉には定期的に屋敷を訪問する息子が居たが、その幼なじみの婦人は夫に先立たれて、子どもも居なかったため、天涯孤独の身の上だった。だから、亡くなってから発見されるまで、何ヵ月も経ってしまった。

新聞には、そうした無縁社会を嘆じる社説が載っていた。

お鈴の目の前で、雪田さんはそのとき発見されたままの、腐乱死体に変じた。

悪臭がせまい茶室に吹きあがり、眼球が朽ち果てた眼窩《がんか》から虫がこぼれる。

皮膚が液体となって溶けて糸を引いた。流れ出した肉の下から、骨が現れる。

けれど、お鈴は動じなかった。

「どうして、たたるの？　どうしてプンプクリンに取り憑《つ》いたの？　プンプクリンには幽霊が見えないのよ。なのに、あなたの姿が見えたってことは、取り憑かれてたってことよね。あの見栄えのしない男は、わたしの友だちの連れ合いなの。それをほっておくほど、わたしは友だち甲斐《がい》のないヤツじゃなくってよ」

「それが、どうした!」

雪田さんは、腐乱死体の姿で怒った。

口を開ければ、溶けたくちびるが糸を引く。声を出すと、くさった舌が震えた。悪臭が、黒い煙となってたちのぼる。いや、それは小蠅の群れだ。

「仙吉さんは、わたしの悪口をいっていたのよ。わたしが子どものときからずっと、仙吉さんにうるさく付きまとっていたんだ、と。料理やお菓子を作っておすそわけするのも、本当は迷惑なんだって。

仙吉さんが玉石講の人たちにそういっていたことを、わたし、玉石講の人たちから聞いたんです。仙吉さんが何十年もわたしのことを疎ましく思っていたこと、わたしを裏切っていたこと、わたしは、はっきりと聞いたんですから」

腐乱した肉がぼたぼたとこぼれ落ち、骨だけになると、その骨が巨大化してお鈴を一口に食らってしまう。

お鈴は慌てるでもなく、袖《そで》を一振りすると、もろい骨が砕けてすとんと畳に落ちた。

巨大骸骨《がいこつ》は、たった一匹の蚊に変じて、ふらふらと飛ぶ。

お鈴はそれを、ぱちんとつぶした。

手からこぼれ落ちた蚊は、むくむくと元の雪田さんにもどった。腐乱していない、骨だけでもない、おとなしい老婦人にだ。

「こけおどしは効かなくてよ」

お鈴は鼻で笑った。

「あんたの怒りは、うそっぱちだわ」

お鈴は、自分用の金泥の茶碗でココアを飲んだ。生クリームが上くちびるにつき、それをぺろりと舌でなめとる。

「中鉢仙吉さんは、もう居ないんですよ。マンションの住人を追い出しても、壊した屋敷は元にもどらない。成仏した仙吉さんは、もどって来ないんです。生きた人に八つ当たりしてたたろうが、仙吉さんを憎んだつもりになろうが、愚痴をならべようが、どうしようもないものは、どうしようもないの。今のあんたは、ただの駄々っ子と同じよ」

「…………」

雪田さんは、肩を落としてぽろぽろ泣いた。年配の婦人の持ち物らしい、ガーゼのハンカチで涙をふく。

「わたし、仙吉さんしか友だちが居ないんです」

「お察しするわ」

お鈴は幽霊画のかけじくに視線を転じる。お鈴のまなざしが、描かれた恨めしい目とそっくりになった。

お鈴には、雪田さんがこの世に恋々とする理由が、少しだけわかっていた。亡くなってもほっておかれた雪田さんは、〝ご遺体〟として当然受けるべき礼節とも無縁で、腐肉となってしまったのだ。お坊さんに、供養の言葉もかけてもらえなかった。道も光も見えなければ、仏とて迷うよりない。

「あんたがすがるものは、この世にはありはしないのよ。いくら待っても、もどって来ないんだから。それどころか、仙吉さんも仙吉さんの奥さんも、あんたのご亭主も、むこうであんたが来るのを待っているにちがいないのに。四人でそろえば、さぞやにぎやかで楽しかろうにねえ」

「本当に？」

雪田さんは、おどろいた顔でお鈴を見て、「本当に？　本当に？」と繰り返した。

この人はこんなにも簡単なことを、どうして気づかなかったのかしら？

お鈴はちょっとあきれた。頑迷さが、簡単な分別までなくしてしまっていたのだ。

「本当に？　本当に？」

わざわざ、答える必要はなかった。

雪田さんは、お線香の煙のように消えた。

「さてと」

お鈴は立ち上がると、にじり口から外に出た。冬枯れの木立を風が揺らして、空は白く晴れていた。

ぽっくり下駄《げた》が、ぽっくり、ぽっくりと音をたてる。

音はお鈴の姿とともにすっと消えて、つぎの瞬間には五キロ離れた西新丁《にししんちょう》の小路《こうじ》を歩いていた。

葉牡丹《はぼたん》の鉢をいくつも並べた前庭を見ながら、小児科の診療所の角を曲がって、次の角が明朗会館という小さな集会所になっている。玉石講の本拠地である。

お鈴は遠慮もためらいもなしに門を通ると、玄関の引き戸を開けるでもなしに、すうっと建物の中に入った。

明朗会館は少しだけ広めの玄関のたたきに、すのこが〝コ〟の字に敷かれていて、そこがくつ脱ぎになっている。お鈴は礼儀正しくぽっくり下駄を脱ぐと、今度は足袋《たび》をはいた足をぱたぱたさせて廊下を歩き、迷うことなく玉石講のご神体を安置した部屋に入った。

あくどい色の大量の造花と、キジやタヌキのはく製、なぜか朝鮮人参《にんじん》、なぜか服を着せられたキューピー人形、なぜか複数の古い携帯電話、火焔《かえん》太鼓に、銅の鏡に、折敷《おしき》の上に置かれた刀剣などが、ひな人形を飾る赤い毛氈《もうせん》をしいた壇の上に飾られていた。

その中央にうやうやしく鎮座するのが、ソフトボール大の球体。

玉石さまである。

お鈴はそれを手にとると、たもとから黒い油性ペンを取り出した。

「へのへのもーへじ、と」

玉石さまの球面に〝へのへのもへじ〟を書くと、鼻歌を歌いながら帰った。

講の人たちが、玉石さまの受難を知ったのは、三日後のことである。

玉石さまに落書きした犯人は未来永劫《えいごう》、判明することなく、油性ペンの落書きは漂白剤にひたしても消えることはなかった。

かつて桃の井ハイツに入居していた佐野という男に、落書きされた玉石さまの写真が送りつけられた。

『けんか両成敗というけど、今回だけは特別に許してあげます。また変な手紙をくばったら、今度はあんたの顔をこうしてあげる。それもまた、面白いけど』

同封されたA4コピー用紙に、佐野が使ったのと同じフォントで、そんな文章が書かれていた。写真の〝へのへのもへじ〟が、にんまり笑ったように見えた。佐野は慌ててそれを百円ライターで燃やし、その灰を塩と一緒に流しながら般若心経《はんにゃしんぎょう》を唱えた。お清めをするときに、そうしたらいいと聞きかじったことがあったのだ。

「つまり、あんたが一番、玉石さまを信じてたのね」

あざけるような、少女の声が聞こえた。

振り返ってみたが、だれも居なかった。

佐野は、悪寒が背中に取りついて、身震いする。

それなのに、汗がしたたるほどに流れた。

＊

カエデとこんちゃんが録画した刑事ドラマを見ていると、玄関のチャイムが鳴った。一瞬、どきりとする。

カエデがプレイヤーを一時停止させ、二人で玄関に立った。

ドアを開けると、運送会社の制服を着た丈夫そうな人が、帽子を脱いで会釈する。

「今日、下の階に引っ越し荷物を運びますので、ちょっとうるさくしますが、どうぞよろしくお願いします」

「あ、これは、どうも、ごていねいに」

カエデたちは恐縮して、二人でぺこぺこ頭をさげた。

ドアを閉ざした後で、お互いに目を見かわす。平気な顔で暮らしていたけど、やっぱり気持ちのすみで心配事がくすぶっていたのだ。それが解消されたのを、二人とも相手の顔色の中に読み取った。

　年末がすぎ、お正月がすぎ、街に冬らしい静けさがもどるころには、カエデたちの四〇一号室にも新しい家具が運び込まれて、新居らしい格好ができてきた。冬のボーナスを出し合って、アンティークショップのかたみ屋から、ダイニングセットを買ったのである。それに、いただきもののテーブルクロスを掛けると、そこだけヨーロッパのお屋敷のようになった。

「すてき。銀の燭台《しょくだい》とか置きたい。それで、密室殺人事件が起きて名探偵が――」

「殺人事件はかんべんしてよ――あ、電話だ」

こんちゃんに電話がかかってきて、となりの和室に行った。

カエデはシクラメンの鉢植えに水をやり、窓から本当寺のある八木山の方角を眺める。

こんちゃんがしきりと「えー!」とか「まずいんじゃないの?」とかいっているので、ちょっと気になった。

電話を終えて、こんちゃんはしぶい顔でリビングにもどって来た。

「花巻の母さんから。結婚式でぼくに、母への手紙を読んでほしいんだって」

「こんちゃんに?」

カエデは、思わず噴き出した。

「あれって、花嫁がやるもんじゃない?」

「それからね、結婚の記念に花婿人形が欲しいんだって」

「花嫁人形ってのは、聞いたことあるけどねえ」

カエデは困り顔のこんちゃんを、面白そうに見た。

「でも、お母さんの希望なら、かなえてあげなきゃ。母への手紙も、花婿人形も」

母への手紙を読んでいる紋付羽織袴《はおりはかま》のこんちゃんを想像し、特注のぽっちゃりした花婿人形のことも想像し、カエデは遠慮なしに笑い転げた。

第五話　春の夜の夢のごとし

1

本当寺の茶室は、住職が檀家《だんか》の人と語らうための空間だったはずが、幽霊のお鈴に占領されている。床の間の掛け軸も、それをすっかり承知したかのような、幽霊画だ。聞くところによると、常には季節の風情ある軸が飾られているのだが、お鈴が居るときは、絵も書も幽霊画に化けるのだという。

幽霊画が飾られているときの茶室は呪われた空間で、住職が使おうとすると、たたりがある。カラン、コロンと下駄の音が聞こえ、しくしくと女の泣き声が聞こえ、障子に化け猫の影が映る。

実は、お鈴が六代目三遊亭圓生《さんゆうていえんしょう》のCDを聴いてヒントを得た仕掛けだ。

ところが住職はかなり物好きな人なので、お鈴のこうしたいやがらせをかえってよろこび、今年の夏は知り合いの物好きたちに声を掛けて、この茶室で怪談会を催そうなどともくろんでいる。

ただし、夏といったら、まだ先の話だ。

今はまだ立春すぎ。日差しはようやく日めくり暦の厚さくらい徐々に、徐々に、強くなってきた。下地窓の障子から光が入り込んで、三畳のこぢんまりした空間に、格子模様を描いている。

掛け軸は幽霊画。今日の茶室は、お鈴の占有。

お鈴が居るところ、カエデとこんちゃんが居る。来なきゃたたってやると、駄々をこねるからである。

「これから自分の結婚でお金かかるってときにさあ」

カエデが不平顔で、こんちゃんに見せているのが、結婚披露宴の招待状だ。カエデたちのものではない。高校時代の友人の披露宴である。

「せっかく招待してもらったんだから、行かなくちゃ」

こんちゃんは、菩薩《ぼさつ》みたいなことをいう。

「この人、披露宴に命がけの人なの」

くだんの友人は既に入籍しているが、披露宴を完璧《かんぺき》なものにするために日延べしていた。完璧とは、花嫁のダイエットである。

そうと聞いて、こんちゃんは自分の丸いおなかを見おろして、気まずそうにした。

「すごい気合い……」

「まさに、鬼気迫る感じなのよ。高校時代から、結婚式のためにバイトして貯金してたもんね。まだ彼氏も居なかったのに」

「その気持ち、ちょっとわかんないかも」

こんちゃんが遠慮がちにいった。

「わたしも、ちょっとね」

今年に入ったころから、カエデたちは披露宴の費用を新婚旅行につぎ込もうという話になっている。カエデはやっぱり、イースター島のモアイが見てみたいのだ。ところが、こんちゃんの母は息子の披露宴に人生を懸けている。口には出さないが、どうやらカエデの母も同じらしい。

「うちらの親の気合いなんて、この友だちに比べたらまだ可愛いもんよ。欠席なんて返事を出したら、ぶっ殺されそうな勢いなんだから。皆、それが怖くて参加するんだろうなあ」

「そんなに怖がらせたら、祝福してもらえなくない？」

「そうなんだよね。披露宴より、気持ちだよね。心から、おめでとうっていってもらえるように、結婚する側も気を配らなきゃいけないよね」

「カエデさん、いいことという。ぼくは、カエデさんが居てくれたら、結婚披露宴も新婚旅行も要らない。二人でごはんを食べていれば、それでいいんだ」

「やだもー、こんちゃんたら。わたし、照れますー」

「うるさーい！」

突如、脳天をつく高い声が、アツアツの会話に割って入った。

茶室を占拠した張本人、お鈴がカエデとこんちゃんの間に座り込むと、惚《ほ》れ合う二人に肘鉄《ひじてつ》をくれる。が、それは霊魂の一打なので、すかすか透けて、ただほんのりした寒気となる。お鈴のことが見えない聞こえないこんちゃんなどは、「冷えてきたね」などといってぷっくりしたてのひらをこすり合わせた。

「いちゃいちゃするなら、ほかでやってよ！　目障りだわ！」

自分で呼んでおいて、お鈴は短気をおこす。新婚間近のカップルを呼び寄せたら、せまい茶室なんか愛の熱量でホッカホカになることを、計算に入れていないのだ。もっとも、この二人を婚約前から見てきたお鈴だから、急に熱を帯びだしたカエデとこんちゃんに、ちょっとやきもちを覚えるのもむべなるかな、なのだが。

「重兵衛、あんたもこの幸せぼけした連中に、何かいってやりなさい」

お鈴は、同時に出現した爺《じい》やに向かって、そう命じた。

ところが、重兵衛はうたた寝して起こされたかのように、きょときょとする。

「……え？　お嬢さま、何かおっしゃいましたでしょうか？」

「重兵衛、あんた、何をぼうっとしているのよ。あんたも幸せぼけ？」

お鈴が鋭くいうと、重兵衛はうなだれた。

「てまえなど、どこが幸せなものですか」

「ん？」

「幸せなど、一億光年の彼方《かなた》……」

重兵衛の様子があんまり悲しそうだったので、幸せで自己完結したカエデも心配そうに、老いた顔をのぞき込んだ。

「重兵衛さん、やさぐれている？　お嬢さんにこき使われて、愛想が尽きたの？」

「とんでもない！」

重兵衛はわれに返って、慌てて両手を振った。冷たい風が、はたはたと起こった。

「てまえは、終生……いえいえ、死後も、お嬢さまのおそば近くでお仕えするのが、一番の幸せなのでございます」

「はいはい、わかったから」

重兵衛の感動的な申しようを、てきとうに受け流して、お鈴はそのしわだらけの小さい顔をじっと見つめた。

「あんた、何かあったわね」

「てまえのことなど、どうか、ほっといてくださいませ」

かつて、お鈴の炯眼《けいがん》が易者はだしだといったのは、重兵衛その人である。その空恐ろしさを重々心得ているから、重兵衛は追い詰められた可哀想な小動物みたいに、びくびくした。

「わたしに隠し事なんて、一億年早いわよ」

茶室の空気が、ぴしぴし鳴る。火の気のないはずの炉で、木炭が発火した。釜《かま》の湯が、一瞬でわき出した。こんちゃんは、びっくりしているし、カエデは「瞬間湯沸かし器」とつぶやいた。

「つまらぬことなのでございます。お恥ずかしいことなのでございます」

重兵衛は平伏して、わびるようにいう。

その様子がただならないので、カエデも我が身の幸福をちょっとうっちゃって、重兵衛のやせた背を撫《な》でた。すかすかと透けたけど、重兵衛はてのひらのぬくもりを感じたようだった。

重兵衛は畳に伏せた格好で、肩を震わせた。泣いているらしい。お鈴は慌てた。

「ちょっと――。まさか、あんたまで、あの狸穴屋みたいに子孫が病気だとかいうんじゃないわよね」

「おそれいりました、お嬢さま」

重兵衛がいよいよひれ伏すので、お鈴とカエデ、その様子を見たこんちゃんまでが焦った。

「だれが病気なの？　余命はどれほど？」

「いやいや、てまえの皺胸《しわむね》を悩ますのは……」

「皺腹とはいうけど、皺胸って言葉はないわよ」

お鈴が茶々を入れるので、カエデが小声でたしなめる。

「お嬢さん、いいから、重兵衛さんのいうのを聞いてあげましょうよ。重兵衛さんもね、お嬢さんに洗いざらい、聞いてもらいましょうよ。話せばきっと楽になるから」

「ちょっと、それじゃあ重兵衛が何かの下手人みたいじゃないの」

「下手人なのです。あんな情けない子孫を持ちまして、わたしなど罪人も同じです」

やっぱり子孫のことなのね。

お鈴が目顔でカエデにいった。

情けないことしたんですね。

カエデも視線だけで答える。

「わたしの曾々々《ひいひいひい》……孫娘が、不登校になったのでございます。引きこもりになってしまったのでございます！」

「あら、それは大変」

カエデは、こんちゃんにもことの次第を説明した。

こんちゃんはお人好《ひとよ》しなので、すぐに心配顔になる。でも、あさっての方角を見ているから、カエデが重兵衛の方に向けてやった。

「曾々々……孫娘さんって、お名前は？」

「加藤《かとう》つむぎと申します」

「可愛い名前じゃん。女の子が生まれたら、つむぎちゃんて名前にしたい」

カエデがそんなことをいうので、こんちゃんは嬉《うれ》し恥ずかしで、赤くなる。そんな二人をいらいらと見やって、お鈴が鼻息荒く訊《き》いた。

「そのつむぎとやらに、何があったのよ」

「それが、情けなや。先輩とか申す者に、袖《そで》にされたのです。と申しますか……」

子孫のつむぎが、学校の先輩に失恋した。正確には、告白できずに、悶々《もんもん》としている。

「まあ！」

お鈴が高い声をあげる。

「情けないなんて、料簡《りょうけん》のせまいことといってる場合じゃなくてよ。恋の病はバカにできないわ。若いうちの恋は、悪くすると、死んでしまいますからね」

ほかでもない、お鈴は恋の病で命を失ったのだ。

そのことに改めて気づいたのだろう。重兵衛は幽霊なのに青くなった。

「つむぎが……し、死ぬと……？」

身も世もなく、袖をもんで、正座で器用に足踏みする。先祖として厳しいことをいってみたものの、実はつむぎが可愛くてならないようだ。それゆえ、お鈴の言葉は重兵衛の心をさらにかき乱した。

「その先輩とやら、どういった子なの？」

「学業優秀、運動万能、容姿端麗でございます」

「入試問題みたいに四字熟語が続くなあ。しかも、全部ポジティブ」

カエデが口をはさむと、重兵衛は嘆息した。

「一番に問題なのは、学業なのです。子孫のつむぎが、同じ高校に追いかけて行くなど、

「とてもとても……」

幽霊主従のやり取りをこんちゃんに通訳して聞かせると、こんちゃんは困ったように眉毛《まゆげ》をさげたけど、丸いほっぺたには笑みが浮かんだ。

「青春だなあ」

「でも、引きこもりってのは、ちょっと困るよ」

「そこまでして好きになる、容姿端麗な先輩とやらを、見てみたいものね」

ままならぬ恋で命を落としたお鈴だが、結局のところ興味本位に目を輝かせた。

2

つむぎが恋した先輩は、石原翔馬《いしはらしょうま》という。

永遠の十七歳であるお鈴は、翔馬の姿を認めて、おばさんっぽくニタニタした。場所は下校時刻の中学校の昇降口。目指す相手は、すぐに見つかった。

（あらまあ、絵に描いたような男前）

翔馬という少年は、顔が良くて、はつらつとしていて、背高で、髪の毛がさらさらしていて、肩幅が広くて、足が長くて、まさに絵に描いたような——お鈴の好きな少女漫画に出てくるような、かっこいい若者なのである。

（眼福、眼福。可愛いったらないわ）

一方、重兵衛の子孫である加藤つむぎは、へちゃむくれであった。そのへちゃむくれは今頃、学校に来られないで自宅で布団にもぐっている。江戸時代ならば、「寝たり起きたりのブラブラ病」と診断されて、親兄弟に親戚《しんせき》、ご近所の大人たちから、軽蔑《けいべつ》と哀れみがないまぜの同情を寄せられるところである。それは現代でも、まあ、同じか。同じ寝込むのでも、お鈴が臥《ふ》せっていたときは佳人薄命の感があり絵になったものだが、つむぎは何たってへちゃむくれなのである。彼女が恋する石原翔馬とは、まさに月とすっぽんだ。

その格差を目の当たりにして、お鈴は人生の厳しさに今さらながら嘆息した。

（でも、人間、顔じゃないのよね）

幼いころから会う人、会う人に器量の良さをほめられて、両親に可愛がられて、奉公人には甘やかされて、お鈴は若くしてそのむなしさを悟ってもいた。そりゃあ、器量良しなら、何を着ても似合う。木綿の着物だって、お鈴が袖をとおせば錦繍《きんしゅう》にまさる。多少のいけずは、お茶目さゆえと思ってもらえる。いい気分である。

だけど、わがままで、きまぐれで、へそ曲がりな性分は、お鈴はだれより自分自身が知っていた。だから、奉公人の中でもとりたててパッとしない容姿の、力弥《りきや》という若者に恋をした。生きる宝玉のような、綺羅《きら》のような、花のような、星のようなお鈴に惚《ほ》れられて、力弥はさぞかし窒息しそうな思いだったろう。だから、彼に釣り合う本当の恋人と逃げたのだ。お鈴はそれを恨んで死んでしまったが、力弥だってお店者《たなもの》としての平和な人生を棒に振った。……ひどいことをしたのは、力弥ではなく、お鈴の方である。

（力弥が、重兵衛の子孫くらい、身の程知らずでいてくれたらねえ）

アンバランスな夫婦として、けっこう幸せな人生が送れたろうに。

そんな憂いも、百六十年以上もすぎると、胸で転がして笑っていられる。

死ぬほど好いたのに。

（さあさあ、わたしのむかしのことは、おいといて。つむぎまでわたしみたいに死んでしまったら、大変だもの）

お鈴は翔馬に取り憑《つ》いた。

（美少年に取り憑くのは、なんだか楽しいわね。わたしは美少女なんだから、へちゃむくれより、こっちに取り憑く方が筋が合うのよ）

決して面食いではないお鈴だが、胸がわくわくした。


「翔馬――！」

友人が翔馬に追いついてくる。

彼の名は小田《おだ》新一《しんいち》といった。

たぶん、大人になってもずっと付き合いが続くような、重要な友だ。

「あれ？　新一って、掃除当番じゃなかったっけ？」

「いや。先週だよ」

「そっか。じゃ、いっしょに帰るべ」

新一は、翔馬みたいにキラキラした少年ではない。十人並みの容姿である。

中学生たちの下校の風景が、翔馬の目を通してお鈴に見えた。十三歳から十五歳といえば、江戸時代ではそろそろ大人の自覚が芽生える年頃だが、今どきはまだまだガキんちょである。じゃれ合ったり、はしゃいだり、走ったり、追いかけたり。その中で、翔馬と新一は比較的落ちついていた。二人並んで、ぼそぼそと会話を交わしている。

「おれ、もう塾に行くのやめたわ。ラストスパートは、一人で勉強する」

新一がそういったので、翔馬は「うん」とうなずいた。

「受験まで、あと一週間だもんな」

「ミクが一高に行くっていうから、おれも無理して願書を出したけど、やっぱ駄目っぽい。その点、おまえは余裕だから、いいよなあ。あー、おまえみたいになりたい。おまえがうらやましい」

新一がしきりにそういうと、翔馬の胸はカッと熱くなった。

お鈴は、「おや」と驚く。それは、怒りの熱さだった。そして、嫉妬《しっと》の熱さだった。不寛容な競争心と憎悪。ごたまぜのマイナス感情が翔馬の中で渦巻いている。

「じゃあな、また明日《あした》」

「おう」

翔馬は自宅に帰りついた。

友人に対して抱いた嫉妬やら競争心やらは、巧みに鎮めている。

「ただいま」

反抗期だが、翔馬は行儀よく母親に帰宅の挨拶《あいさつ》をした。

「おかえりなさ……？」

キッチンから廊下を覗《のぞ》いた母は、翔馬を見て眉《まゆ》をひそめた。息子の背後に、梅の柄を描いた振袖《ふりそで》に、だらりの帯を締めた舞妓《まいこ》さんがぴったりとくっついているのが見えた——らしい。

（まずい）

このお母さん、霊感があるようだ。そう気づいたお鈴は「南無三《なむさん》」と唱えて、翔馬の母の視界から姿を消した。翔馬の中に完全に入り込んだのである。翔馬の人格がお鈴の気配を察知して、「なんじゃ、こりゃ」みたいな反応をみせる。最初はあらがうが、そのうち平気になる。あらがっているときは、軽いインフルエンザみたいな症状が現れたりする。

「あれ？　おれ熱っぽいかも。ちょっと休む」

「いやだ。受験は来週でしょう。風邪なんか引いたら、だめよ」

「うん」

翔馬は階段をあがって勉強部屋に引っ込んだ。その意識の中に、へちゃむくれの下級生のことなどあるはずもない。部屋に入ったとたん、お鈴は翔馬から少し離れてやったので、からだの不調もなくなった。

翔馬はベッドの上にスクールバッグを投げ出して、勉強机の前に座った。

そして、取り出したのは勉強道具ではなくスマートフォンだ。

津島《つしま》ミクという女子生徒からメールがきていた。

『新一が塾に行かないっていうの。塾の先生が心配してるんだよね。翔馬くんから何かいってあげてくんない？　お願いします。

新一がさ、受験が終わったら、合格発表の前にカラオケ行こうっていってる。翔馬くんも行くよね。わたし、翔馬くんがいっしょじゃないと、ちょっとヤバくてさ。新一と二人だと、頭の中がセックスのことでいっぱいになっちゃうの。これって変態だよね。翔馬くんが居ると、そうならないから自分でも安心なんだわ。

ともかく、受験前はそういうこと考えたくない』

翔馬は液晶画面を怖い顔でにらみ、スマホを充電器につないだ。

（おれは、思春期のもやもやを吐き出すゴミ箱かよ）

「そのようね」

お鈴の返答は、翔馬には聞こえない。

翔馬はふたたびスマホを持ち上げて、保存してある写真を一覧表示させた。その中の一枚をタップする。お鈴に負けない美少女が、画面いっぱいに映った。翔馬は甘くて苦くて熱くて切ない気持ちで、その姿に見入った。

「あーらまあ。四角関係ですか」

お鈴は腕組みをした。

新一は、翔馬の親友。

新一とミクは付き合っている。

翔馬はミクに片想いをしている。

そして——。

「重兵衛の子孫のつむぎちゃんは、翔馬先輩に恋こがれてしまったわけね」

学校にも行けない。家から出られないほどの恋とは、重症だ。恋煩いは、悪くしたら、命にかかわる。かえすがえすも、お鈴はそれで死んでしまったのだから。

＊

受験の日の朝、翔馬はやっかいな夢を見た。

夢枕に幽霊のお鈴が立っているなど、知りもしない。ただ、これが夢だということは、自覚があった。彼はときたま、夢とわかる夢を見ることがある。夢の中の行動も、どうせ夢なんだからと割り切って、高いところから飛んだり、悪漢や怪物を相手に無謀な戦いをしたりする。夢だから死なないし、怪我もしない。でも、スリルだけはリアルに味わうことができる。翔馬はそういう夢を見たときは、今日の夢は「当たり」だったとご機嫌になる。

ところが、今朝の夢はリアルな分だけ、いやな夢だった。

一足先に高校受験の夢を見てしまったのである。

受験そのものは、淡々と進んだ。

試験の間中、これは夢なんだと、何度も思った。目覚めたら、これから本当の試験に臨まねばならない。それでも、夢の中の試験が終了したときは、締め付けられていた狭い服を脱いだみたいな気分になった。その下にまだ、びしょ濡《ぬ》れの服を着ているみたいな気分でもあった。

試験会場の高校からの帰り、目の前を新一とミクが並んで歩いていた。

よりそって、彼氏と彼女というのが、ひとめでわかる。

中学生だった三年間、翔馬はいつもあの二人といっしょに居た。

彼氏と彼女、プラスおれ。

翔馬はときに二人にとっての緩衝材で、便利屋で、邪魔者だった。いつもは何のためらいもなく二人の間に入って行けていたのに、今日はこれ以上、距離を縮められない。それは、ミクと新一に原因があるのではない。翔馬が、昨日までとはちがってしまったのだ。

翔馬のダウンジャケットのポケットには、カッターナイフが入っている。

それに手で触れると、夢であるということを忘れた。

どろりと無表情になった目が、前を行く二人を見る。

ミクと新一は顔を見合わせ、ミクがふざけて新一の頭をたたき、声をあげて笑った。

翔馬はポケットからカッターナイフを取り出した。

親指で刃を押し出す。

それを背中に隠して、二人の後に走り寄った。

翔馬は自分を人質にして、ミクを手に入れると決めていた。受験勉強のことなど忘れて、頭をしぼってようやくそれを思いついたのだ。

新一と別れて、おれと付き合って。

じゃなきゃ、おれは死ぬ。

自分の頸動脈《けいどうみゃく》を掻《か》き切って、血を噴き出して倒れる姿を何度も想像した。

おそろしい光景だ。

でも、そんなことにはならないだろう。

ミクと新一が、翔馬を見殺しにするはずはないのだ。

少なくとも、翔馬と付き合うとはいわないまでも、二人は別れるといってくれるはずだ。それで、まずは上首尾だ。ミクと新一の関係がリセットされたら、今度こそ翔馬が自分をうまく売り込んでみせる。そのチャンスさえあったら――。

バカみたい。

みっともない。

まるで、駄々っ子みたいだ。

だけど、ほかに翔馬にできることはなかった。

これから二人のためにカラオケに付き合うなんて、死んだ方がマシだ。

二人の緩衝材であり、二人の邪魔者でいるくらいなら、おれは死を選ぶ。

――死ねば？

もしもミクがそういったら……万一そういったら、おれは死ぬ準備はできている。

そう決めて、翔馬は前を行く二人に近づく。

一歩ごとに、これが夢だということを忘れる。

近づいて行く。近づいて行く……。

「先輩！」

突然、わき道から女の子が現れた。

翔馬が通う中学校の、女子の制服を着ている。

髪の毛が中途半端に短くて、ぼさぼさで、顔はへちゃむくれだ。一年生だというのは、わかっていた。ときたま、視界のすみっこに居て、こっちに向かってキャーキャーいっていた中の一人だ。

そういえば、最近、見かけていない気がする。

いつも、目をハートにしてこっちを見ているのに（そうされても、翔馬は別に嬉《うれ》しくなかった。多少は得意な気もしたけど、翔馬の心に住むのはミクだけだったから)、今日は仇敵《きゅうてき》でも見るみたいに、ぎらぎらにらんでいる。

加藤つむぎ。

ネームプレートには、そう書いてある。

その名前は、翔馬の中で意味をなさなかった。だけど、ちっこい目の中で、炎が立ち上るのが見えた気がした。それは、翔馬の動きを止めた。

「背中に隠し持っているものを、出してください!」

いうなり、つむぎは翔馬にとびかかってきた。

すごい力で腕をねじりあげられ、カッターナイフをもぎ取られた。

抵抗するつもりはなかったが、度肝を抜かれていたため、カッターからは簡単に手を離さなかった。でも、つむぎは一瞬もためらわずに、刃の部分をわしづかみにした。

「――きみ!」

目の前で、つむぎの手から鮮血がこぼれ、それで翔馬はようやく手を離した。

ミクと新一は、後ろで起こっていることに気づくことなく、笑い合いながら離れて行く。

その後ろ姿は――もはや、どうでもよかった。

自分のせいで血を流している、へちゃむくれの後輩のことが、意識の百パーセントを占めた。つむぎはまだ怒った顔をしている。刃物を握ったこぶしを、けものみたいな気合いを発しながら開いた。そうしなければならないくらい、つむぎもまた興奮し、硬直していたのだ。

「怪我——大丈夫か？」

翔馬がおろおろ尋ねると、つむぎは殺気立った顔でこちらを見上げる。

その顔が、白かった。今にも倒れそうな白さだ。

翔馬はディパックのポケットを開けて、もどかしくハンカチを取り出した。トイレから出たときに使ってしまったヤツだけど、汚くないかな。そう思いながら、開いて三角に折って、つむぎの手を包んだ。

全身ががくがく震えて、少しも上手に巻けない。

その間にも、つむぎの右手からは血がしたたっていた。

「大丈夫？　大丈夫じゃないよね、きみ。どうしよう……」

「死のうとしていたのに、こんな血でビビるなんて、バカみたいですよ、先輩。簡単に死ぬとかって、頭にきます。先輩のことが好きすぎて、どうしようもなくて、学校にも行けなくなっている人間が居るのに。勝手に死ぬなんて、そんな権利、ないと思います！」

何をいっているのかよくわからないけれど、つむぎが怒っているのではないことはわかった。彼女はちょっとだけ、制御不能になっているのだ。そうなって初めて、好きでたまらない相手——翔馬と、まともに話ができている。

ミクの気を引くためなら、あっさり命を捨てても構わないほど軽い翔馬を、つむぎは本気で愛している。カッターナイフの刃を素手でつかめるくらい、翔馬を想っている。

その奇特さが、ただもう単純に不思議だった。

その気持ちに対して、翔馬はどういうべきなのだろう。

ありがとう？　ごめんなさい？　ほっといてくれ――それは、ちがう。

(何かいわなきゃ、目を覚ましてしまう前に)

そう思ってようやく、翔馬はこれが夢であることを思い出した。

それで、ますますあせった。目が覚めてしまう前に、彼はつむぎにいわなくちゃならないことがある。


目覚まし時計が鳴った。

受験の日の朝である。

翔馬は枕に顔を押し付けて、夢の中にとどまろうと抵抗した。リアルで、おそろしく緊迫していたのに、どうしてそれでも夢の中に居たがるのか。何分の一か、覚醒《かくせい》した翔馬の理性は、ねぼけた自分が奇妙でしかたなかった。

そんな少年の背中から、もくもくと霊体が抜けだす。お鈴である。

「さてと。チチンプイプイ、よ」

お鈴は意味ありげに笑ってから、煙のように消えた。

3

卒業式は晴れたのに、風花が舞った。

今日まで普通に通った学校が、明日《あした》からは自分の居場所ではなくなる。校歌をうたっているうちに、そのことが胸に迫ってきた。卒業証書も、正装してしゃっちょこばった保護者たちも、送辞やら答辞やらの型通りの言葉にも何も感じなかったけれど、それでも翔馬は泣きたくなった。ここで泣いたら、おじさんになるまで語り草にされるんだろうなと思った。おじさんになるまでの何十年の人生が、ふと見えた気がした。

教室にもどって、担任の話を聞いてから、いよいよ解散となった。

翔馬は女の子にもてるのが常のことなので、今日は昇降口で下級生の女子に握手を求められたり、手紙をもらったり、プレゼントをもらったりした。手作りのクッキーをくれる子も居て、ちょっと引いた。となりにいる新一は、からかうような笑顔で「いいなあ」といった。笑いたきゃ笑え。おまえは逆立ちしたって、こんなのもらえないんだから。

だけど、新一にはミクが居る。

二人には、もう翔馬は要らないらしかった。

手をつないで、互いに寄り添いながら、卒業証書を入れたお約束の筒を持って、遠ざかってゆく。まるで、まだ夢の中に居るみたいに、翔馬は胸に迫る感情を処理しきれず、もどかしく二人の後ろ姿を見た。もはや、彼には、ミクを追いかけることができなかった。

(最初からおれは、要らなかったんだ)

緩衝材として、便利屋として利用され、結局は邪魔者でしかなかった自分のことを思い、ふうっと息をはいたら、またしても泣きたくなった。下を向けば涙がこぼれそうになるので、慌てて顔をあげた。その拍子に、見覚えのあるへちゃむくれの顔が見えた。

加藤つむぎだ。

紙袋を持っている。その手に、包帯が巻かれている。

「きみ——!」

目が合ったとたんに、つむぎはきびすを返す。

翔馬は慌てて追いかけた。

向こうはドンくさいへちゃむくれだし、こっちはスポーツ万能だから、苦もなく追いついた。それでも必死だったから、ついケガした方の右手をつかんでしまった。

「痛い!」

「ごめん……!」

仰天した声であやまると、つむぎはかたつむりみたいにゆっくりと振り返った。

逃げられちゃいけないと思って、翔馬は懸命にあやまった。なぜか、つむぎは逃げてしまうと思ったし、なぜか、ここで逃げられたら絶対に後悔すると思った。

「手、大丈夫だった？」

翔馬が訊《き》くと、つむぎは包帯を巻いた自分の手を見下ろしつつも、かぶりを振った。

「あれは、夢ですから」

「きみも、あの夢を見たんだね」

あれは夢ではなかった。

どうしてなのかはわからないけど、夢ではなかった。

つむぎは翔馬のために、カッターナイフの刃でさえ、ためらわずにつかんだ。それを思うと申し訳なく、しかし彼女と同じ夢を見たという不思議が、すごく嬉しかった。

（だけど――）

そんなことって、あるのか？

自分とつむぎが同じ夢を見た。

夢で起きたことと同じに、つむぎは右手にケガをしている。

それを自分に問い詰めるより先に、翔馬はつむぎが抱えた紙袋に、あらためて気づいた。ためらいとか、恥じらいとか感じるより先に、口が動いていた。

「それ、ひょっとして、おれに？」

つむぎは、それがまるで相手から盗んだものであるかのように、きまずそうに差し出してくる。口の部分を一回折り返しただけの紙袋の中には、アイボリーの毛糸のマフラーが入っていた。

「きみが、編んだの？」

「呪いのマフラーって感じですよね。すみません……」

つむぎは、ひくい声でぼそぼそいう。その態度には、少しも可愛げがなく、親しみもない。むしろ、なんだか怒っている。

「いや、すごい上手に編んでる。お店で売ってるレベル。ありがとう」

「ずっと引きこもってて、時間あったんで……」

低い声でいって、あきらかに自嘲《じちょう》とわかる笑みを口の端に浮かべた。

そうか。引きこもっていたから、学校で顔を見なかったんだな。翔馬は納得半分、ひきこもりとは、また大変なことだと同情し、共感しようと努めたけど、それはちょっと無理だった。

「でも、また学校に来られるようになったんだ？」

「今日は無理しました。先輩のことを見られる最後の日だから」

へちゃむくれの顔に、感情が表れた。それは悲しみだった。つむぎは、泣き出す寸前の赤ん坊みたいな顔をした。あいかわらずへちゃむくれだけど、翔馬にはそれがたまらなく可愛らしく見えた。

「最後じゃないよ」

口が勝手にしゃべっている。意識が言葉の後から追いついて、それでいいんだと納得する。でも、つむぎは、空から落ちてきた恐怖の大王でも見るみたいに、翔馬の顔を盗み見た。つまり、ひどく怯《おび》えていた。

「会うの、最後じゃなくしようよ。きみの終業式の日に、カラオケに行かない？」

「…………………………………………」

つむぎは、そこに立ち尽くしたままで、気絶したみたいに凝固した。

その絶句が、決して後ろ向きなものではないと思えたので、翔馬は元気づけるように微笑んでみせた。つむぎは、包帯を巻いた手を口に当てて、それをおろおろとあごの辺りまで下げて、結局は悲しそうに下を向く。

「だめです」

「どうして……？」

翔馬はショックを受ける。この子、おれのことを好きだったんじゃないのか？　全部、おれの自意識過剰の勘違いで、おれがバカみたいなだけ？　告白してくれたのは、夢の中だけのことで……やっぱり、あれはただの夢だったのか？

「音痴なんです。音楽の成績なんて、さんざんです」

つむぎは、しぼり出すようにいう。

翔馬は、「ふあ〜」と息を吐いた。高校の合格発表よりも、心臓に悪い。

「じゃあさ、八木山の動物園に行こうよ」

つむぎは、おそるおそる視線を上げて、ぎこちなく笑った。そうすることで、何かが壊れてしまうのをおそれるような、きわめて慎重な笑い方だった。

「はい……」

「じゃ、指切り！」

翔馬は嬉《うれ》しくてたまらなくなって、小指を相手の顔の前に差し出す。つむぎは戸惑いの底から嬉しさがこみあげてくるのを抑えきれず、笑った。半年ぶりの、まともな笑顔だった。

「ゆっびきりげんまん、うっそついたら、はっりせんぼん、のーます」

幼稚園以来の指切りの歌をうたって、翔馬は小指がつながった手を楽しそうに振った。

二人の間には緩衝材も便利屋も邪魔者も要らなかった。——実のところ、縁結びの幽霊が居たことに、気づくべくもなかった。


花芽がほんの少しふくらんだ桜の木の下で、お鈴は腕組みしたひじで、となりに立つ重兵衛を突っついた。

「どう、爺《じい》や？　これで、おまえの子孫も大丈夫でしょ？」

「ははーっ、はは、ははーっ。お嬢さまは、神さまです、仏さまです。おありがとう、ございますー！」

周りには見えないのに、紋付羽織袴《はおりはかま》で正装して来た重兵衛は、地べたに平伏する。お鈴に命じられて保護者みたいな装いで卒業式に潜入したカエデとこんちゃんは、年若いカップルの誕生を、拍手で見守っていた。

「でも、つむぎちゃんの手のケガは、どうしたんですか？」

「ああ、あれは想像ケガよ」

「想像……ケガ？」

「この世の中には、想像妊娠とかあるじゃない？　あれみたいなもので、夢がリアルすぎてケガしてないのに、血が出ちゃったというか？」

「マジですか」

カエデは疑わしそうにいったが、重兵衛はガバリと起き上がり、はげしくかぶりを振る。

「お嬢さまのなさることは、完璧《かんぺき》なのです。カエデさん、決してケチなどつけるものじゃありませんよ」

「いや、別にケチなんか、つけてませんけどね」

興奮する重兵衛の前で、苦笑いをかみ殺していると、奇《く》しくもこんちゃんが同じことをいった。

「すごいなあ。みんなお鈴さんのおかげなんだね。翔馬くんは本当の恋に巡り合えたし、つむぎちゃんも恋がかなって引きこもりを卒業。問題が、一気に解決しちゃった」

「いいことというわね、プンプクリン。カエデにはもったいない、分別のある男だわ」

お鈴はこんちゃんの丸いおなかを撫《な》で、こんちゃんはふるる……と身震いした。

「あおげばー、とおーとし、お鈴の恩ー」

お鈴はぽっくり下駄《げた》を鳴らし、いい加減な歌をうたいながら歩いてゆく。その後ろ姿が、春の乾いた風の中に溶けて消えた。追いかける紋付羽織袴の重兵衛も、ふっと見えなくなる。

「ちょっと、ごめんくださいませ。この後で、保護者の謝恩会がありますが、是非ともご出席を――」

PTA役員のような、きっちりしたしゃべり方をする女の人が、カエデたちの背中に話しかけてくる。中学生の保護者の謝恩会など、巻き込まれたらたちまち化けの皮がはがれてしまう。

「あはは……あはははは」

カエデたちは、あいまいな笑いと会釈を残して、そそくさと逃げ帰った。

4

カエデの暮らす荒巻《あらまき》の実家の前に、毎朝、犬のフンが放置されている。

村田家には前庭がなくて、道路側がすぐに玄関になっている。

だから敷地内にウンコがあるというわけではないのだが、玄関先の道路に、それはこんもりと置き捨てられているのである。

こういうのを見ると、まことに、げんなりする。

母の孝子は、フン害よりも、自分が近所のだれかに知らないうちに失礼なことでもやらかして、その仕返しをされているのではないかと心配した。これから娘が嫁に行き、一人暮らしを始めるという矢先に、ご近所とのトラブルは避けたい。娘の破談の次に避けたい問題である。

「挨拶《あいさつ》を忘れたとか……そういうこと、やっちゃったのかしら」

「挨拶を忘れられたくらいで、そんな強烈な仕返しする？」

カエデは、母の仮定に憤慨した。

でも、孝子はいつになく弱気だ。

「ご近所のトラブルは、避けたいわよ」

「そりゃ、そうだけど」

カエデはこのところ、山口百恵《やまぐちももえ》の『秋桜《コスモス》』の心境だったから、早起きして家の前を見張ることにした。母は涙もろくもなければ、庭先で咳《せき》なんかするタマじゃあないけれども、これからひとりぼっちになるのかと思えば、本人が太さを気にしている二の腕も、やけにか細く見えてくる。

しかして、犬はやって来た。朝の六時半だった。

それは洋服を着たトイプードルで、リードを握るのは、茶色い巻き髪の、ぴらぴらのミニスカートから細長い足をのぞかせた娘だった。最近まで受験生だった大学一年生で、名前は栗田沙弥加《くりたさやか》。ご近所トラブルどころか、沙弥加の家族は母と仲良しである。犬の名前も知っている。ミントちゃんだ。

(それは、それで、文句がいいづらいけど)

ミントちゃんは村田家の前でむずがり始め、沙弥加は耳にイヤホンを入れたまま可憐《かれん》な動作で立ち止まり、ミントちゃんがかなり情けない姿勢でフンを落とすまで、雲なんか見上げて首を動かしていた。

用を足したミントちゃんは、先に立って歩き始め、リードを握る沙弥加は何の問題もないといった態度で、落とし物をそのままに立ち去った。それがあまりに自然で、あまりにはつらつとしていたため、カエデは変に度肝を抜かれてしまった。

「ちょっと……」

後ろ姿に息切れしたような声を掛けたけど、向こうは耳にイヤホンが入っている。しかも、足が長い。

沙弥加とミントちゃんは楽し気に坂道をずんずん進み、カエデは毎朝のおなじみとなったフンとともに、玄関先に取り残されたのである。

そんな話を本当寺の茶室でココアをいただきながら話したら、お鈴は機嫌が良かったらしく、ついっと腕まくりしてありもしない筋肉を剝《む》きだすふりをしてみせた。

「まかせなさい」

「また、夢枕に立つんですか？」

カエデは頼もしげに、目を輝かせた。お鈴に夢の中に入られたら、抵抗できる者など居ない。


しかし、お鈴は沙弥加に惨敗した。

敗因は、沙弥加が夜明け前の夢の中でトイレを探していなかったことだ。丑三《うしみ》つ時《どき》に目覚めて小用を済ませていた沙弥加の膀胱《ぼうこう》は、明け方の時点で余裕綽々だったのである。

ミントちゃんは大学合格のお祝いに、両親に買ってもらった初めてのペットだった。ゆえに、沙弥加は寝ても覚めても、ミントちゃんといっしょに居たがった。つまり、見る夢といったらミントちゃんのことばかりである。

お鈴が接近したとき、沙弥加はおとぎ話のような花畑で、ミントちゃんとボール遊びをしていた。

「ちょっと、あんた。その犬のフンのことだけど」

お鈴が話しかけると、沙弥加は天真爛漫《らんまん》なほほえみとともに顔を上げた。ミントちゃんがボールを口にくわえて戻ってくる。短い尻尾《しっぽ》を高速で振って、お鈴の周りを走り回り、足を上げてぽっくり下駄《げた》におしっこをひっかけた。

「ぎゃー！」

生前と死後の時間を合わせて百八十年、お鈴は生まれて初めて、腹の底から悲鳴を上げた。犬が……犬が……電信柱にするみたいに、お鈴めがけておしっこをしたのだ。地獄の釜《かま》のふたが開くほどの大惨事だ。

「このおバカ犬！　シッシッ！」

お鈴が蹴飛《けと》ばそうとすると、沙弥加はミントちゃんを抱いて怒った。

「ちょっとぉ、何するんですか！」

「犬がわたしにおしっこひっかけたのよ。これで怒らなかったら、この世に〝怒り〟という言葉は存在しないわ！」

「犬じゃありません！　ミントちゃんです！」

「ミントちゃんが犬なのよ、このおバカ娘！」

「何この人、ちょー失礼」

沙弥加は憤然と立ち上がると、ミントちゃんを抱えて、すたすたと花畑の中を歩き出した。

ぽっくり下駄のお鈴は、歩きなれた固い地面と違って、草に足をとられてしまう。

「待ちなさいよ。話はまだ終わってないわよ。犬のしつけは、飼い主の責任。犬のフンの後始末は、飼い主がするのが常識でしょう！」

「はあ？」

沙弥加が振り返る。ものすごい理不尽なことをいわれたみたいに、沙弥加はくってかかった。

「常識って何ですか？　どこで教えてくれるんですか？」

「何いってんの、この子。意味がわかんないわよ」

「意味がわからないのは、そっちでは？」

沙弥加は軽蔑《けいべつ》したみたいにいった。それが、お鈴の逆鱗《げきりん》に触れた。

「もう、堪忍袋の緒が切れたわ！」

「はあ？」

沙弥加は、不満そうに口をとがらせる。

「それって何ですか？　バッグみたいなもの？」

「堪忍袋も知らないの？　それって、常識でしょう？」

「だから、常識って何なんですか？　学校にそういう科目はありませんけど」

沙弥加は怒っていった。

「あんたって――」

何でこんな宇宙人みたいな娘に怒られなくちゃならないのか。

そして、お鈴の、堪忍袋の緒が切れた。

切れる切れるといっている堪忍袋の緒が、本当に切れたのは、実は初めてだった。

はけ口のない怒りに、お鈴は慣れていない。

「あ〜もう！」

お鈴は、敗北を喫したのである。

「あんたと話していると、頭が変になりそう」

かくして、お鈴は逃げ帰ったのだった。

＊

お鈴惨敗の報を受けて、カエデはまたもや早朝の決闘に挑んだ。早起きならば、本当寺への朝通いで免疫ができている。

見た感じ強そうな方がいいと思って、Tシャツに革のジャケットを着こみ、バブル時代の孝子みたいな厚化粧をして、沙弥加とミントちゃんを待ち受けた。片手にはレジ袋、もう一方の手にはデレッキを持って、玄関の前で仁王立ちしている姿は、間違ったスーパーヒーローみたいである。

「気合いだ！」

そこへ、沙弥加とミントちゃんは、登場した。

沙弥加は夢見が悪かったものの、足取りは軽い。どんな夢を見ても、目覚めとともに忘れてしまうタイプなのだ。ミントちゃんは、道にあるあらゆるものににおいを嗅《か》ぎ、カエデの家の前で立ち止まると、小さいおしりを落としてヤバイ姿勢になる。

ミントちゃんはつつがなく用事を済ませ、沙弥加は昨日と同じく立ち去ろうとした。

「待ちなさい。他人の家の前で犬にフンをさせたら、ちゃんと片付けなさい」

カエデは沙弥加の前方をふさぐと、レジ袋とデレッキを突き付けた。

沙弥加は、面食らってまたたきをしている。両耳からイヤホンを外したので、カエデは最前のセリフをもう一度繰り返した。それは、沙弥加にとって実に心外だったようだ。

「だって、ここは車道ですよ。おたくの家の敷地じゃないじゃないですか。それに、うちの子はミントって名前があるんです。犬呼ばわりは失礼ですよ」

「失礼じゃない！」

カエデは一喝した。

「犬は犬です。犬が可愛ければフンまで可愛い気持ちはわかるけど――」

本当はわからないが。

「車道だろうが、わたしの家だろうが、あなたの家だろうが、犬のフンを片付けるのは、あなたの役目です。犬は友だちなんかじゃありません」

「じゃあ――じゃあ、何だっていうんですか」

沙弥加《さやか》は、もともと激昂《げっこう》するタイプではないようだが、このときは完全にメーターが振り切れていた。カエデは内心でニヤリとする。この勝負、もらった。

「あなたの子どもです」

「…………」

沙弥加の両目から、ぎらぎら燃え立つ炎が消えた。

化粧をしていないおさない顔が、可哀想なくらいしょげた。

「ごめんなさい」

カエデの手からレジ袋を受け取り、それを裏返して手を突っ込むと、ミントちゃんのフンをひろった。デレッキは使わなかった。

窓からやり取りをうかがっていたらしく、玄関に入ると孝子がハイタッチを求めてきた。

「あんた、知らない間に大人になったのねえ。正論で不良娘を打ち負かすなんて、たいしたものだわ」

「不良娘、ねえ」

汝《なんじ》の敵を愛せよ、だ。不良と呼ぶには、沙弥加は素直な子だと思う。あんな不思議な子だって、これから誰かに迷惑をかけたり、かけられたりして、どんどん大人に育ってゆくのだ。大人になったら、自分を育てるのは自分なのだから。

だけど、カエデの親は、今頃になって子育てに未練を感じているようだ。

「ところで、引っ越しは明日《あした》の朝からでしょう。荷物の梱包《こんぽう》はもう終わったの？　後になって、あれ持って来て、これ持って来てとかいわれたって、困るからね」

そんなことをいっても、本心は見え見えだ。

「お母さん、けっこう、そういう理由にかこつけて会いに来たいんじゃないの？　わたしが居なくなるなんて、寂しくて泣いちゃいそうなんじゃないの？」

「何いってんだか。せいせいするわよ」

孝子は台所にとって返す。

カエデは、ムキになって追いかけた。

「じゃあ、どっちが泣くか、千円賭《か》けようよ」

「受けて立つわよ」

味噌汁《みそしる》の鍋《なべ》を火にかけて、火力を落としながら、孝子は不敵に笑う。

そのとき、チャイムが鳴った。

「カエデ、あんた出て」

インターホンのモニターを見ると、パンダみたいにむっくりした人が、こっちに手を振っていた。

「こんちゃん！」

「おはよう。迎えに来たよ」

「はいはい。はいはいはいはい」

玄関を開けるなり、カエデは笑った。

「こんちゃん、早すぎ。市役所、まだ開いてないよ」

今日は二人で婚姻届を出しに行くのである。

だけど、ちょっと気が早い。まだ朝の七時前だ。

「朝ごはん、いっしょに食べよう」

「実は、そのつもりで来ちゃった」

二人で並んで台所まで来ると、孝子がもうこんちゃんの分の茶碗《ちゃわん》と箸《はし》を並べていた。

「あらまあ、あんた、村田さんじゃなくなるのねえ。村田さんは、わたし一人か」

「ほらほら、泣きたくなったんじゃないの？」

カエデはからかうようにいってから、千円の賭けの話をこんちゃんに教えた。

孝子も競うようにして、ミントちゃんのフン事件のことを語りだす。

＊

引っ越しの日は、よく晴れた。

どこに棲《す》んでいるのか、うぐいすの鳴く声がして、孝子は縁起がいいといって喜んだ。うぐいすが鳴けば引っ越しに吉かどうかは知らないけど、カエデもやっぱり嬉《うれ》しくなった。

昨日の今日で、こんちゃんがまた来ている。引っ越し業者は、イメージキャラクターがラッピングされたトラックを家の前に横付けして、二階のカエデの部屋から、次々と家具を運び出していた。お鈴と重兵衛も訪ねて来て、二人で人知れずオカキを食べている。

「カエデ、ひな人形は持っていかないの？」

押入れをのぞき込みながら、お鈴がいった。

「置く場所ないですよ」

「あんた、そんなんじゃ、お嫁に行けないわよ」

「もう、行けました」

「夫婦別れするわよ」

「信じられないくらい不吉なこと、いわないでください。まったく、もう」

お鈴の手からオカキの袋をひったくって、口に放り込んだ。

孝子とこんちゃんが軍手をはめて、しかし何もできることもなく、カエデの居る一階の座敷に並んで入ってくる。

「カエデ、何をひとりごといってるの？　行きたくなくなった？」

「ちがうってば。もう、どいつも、こいつも」

すみません。ベッドも運びますか？

揃いのつなぎを着た引っ越し業者の人が、元気の良い声を出す。孝子が慌てて階段まで駆けて行って、ベッドはそのまま、机もそのまま、テレビもそのまま、パソコンは運んで、と采配《さいはい》を振るいだす。

「お鈴さんたち、来てるの？」

こんちゃんが、嬉しそうに目を輝かせた。

「うん。いつもは家の中に入って来ないんだけど、今日は玄関を開け放しているから、ブンブンと……」

「ひとを、ハエみたいにいうな」

お鈴が振袖《ふりそで》をひるがえらせて、威嚇のポーズをとる。

そんなお鈴の姿が見えず、声も聞こえないこんちゃんは、あさっての方を向いてお辞儀をした。

「お鈴さん、重兵衛さん、お世話になりました。これからも、引き続き、よろしくお願いいたします」

こんちゃんのからだをお鈴たちの居る方に向かせて、カエデは不満そうに口をとがらせた。

「こんちゃん、異動になっちゃったもんなあ。来月からは、もういっしょにお昼、食べらんない」

新年度から、こんちゃんは南小泉《みなみこいずみ》支店に転勤になる。長町支店とさほど離れているわけでもなく、新居のそばなのでかえって良かったのだが、いっしょに職場に通うつもりでいたカエデとしては、少なからずショックな異動だった。何より、昼休みにこんちゃんのお弁当をつまめないのは……。

「あんた、バカじゃないの？　お弁当、いっしょに作るでしょうが」

「あ、そうだった」

「それに、いっしょに暮らすのに、まだベタベタする気？　あんたたち、ひょっとして世にいうバカップルってやつ？」

「失敬な。わたしたちの、どこがバカですか。バカというのは——」

　いいかけた途中で、サッシ窓をコンコンたたかれた。

　一同そろって顔を向けて、そこにトイプードルの飼い主の沙弥加の姿を見た。怨敵《おんてき》襲来と、お鈴の気配が剣呑《けんのん》になる。そんなことなどつゆ知らず、沙弥加は無邪気に笑って手を振り、持参した紙袋を持ち上げていた。

　よもや、昨日の仕返しで犬のフンを持って襲撃に来たのか？

　そんなことを思ってみたけど、沙弥加はいよいよ人懐っこい笑顔で、窓のクレセント錠を指さして開けてほしいと合図をよこした。

「引っ越すんですか？」

　窓を開けるなり、沙弥加は訊《き》いてくる。まるで、前から親しくしているご近所さんのような態度だ。カエデも自分では天然系だと思っていたが、沙弥加の前ではぐんと大人であるような気がする。

「結婚するんです」

「えー、すごい。旦那《だんな》さんは、イケメンですか？」

　お鈴が外国人みたいに「オーマイゴッド」のポーズを取り、こんちゃんがきまり悪そうに笑った。でも、カエデはひるまない。こんちゃんの肩をつかんで、ぐいっと前に押し出した。

「イケメンですよ、ほら」

「うわ、プンプクリンじゃん」

沙弥加がそんなことをいったので、カエデは思わずお鈴に振り返った。お鈴が教えたわけではないとしたら、二人は同じ感性の持ち主ということか？

カエデのそんな気持ちを読んで、お鈴は美しい顔をひん曲げた。

「バカいわないで！　こんな宇宙人といっしょにしないでちょうだい！」

「それは、それとして」

沙弥加は、今度はカエデの上司みたいなことをいい出した。〝それは、それとして〟は、あらゆる会話も議論もリセットしてしまう、必殺の呪文《じゅもん》である。ところが、その先に続いたのは、意外にも殊勝な言葉だった。

「昨日は、本当にすみませんでした」

「ふん、何をいまさら」

お鈴は腕組みをして、苦い顔をする。

カエデは大人として、寛容にほほ笑んだ。窓の下、見えない場所に居るミントちゃんが、意外と精悍《せいかん》な声で吠《ほ》える。

「これ、おわびです」

そういって差し出したのは、さっき見せていた紙袋だ。犬のフンが入っていたら、どうしよう。カエデは警戒しながら受け取った。紙袋ごしに、それは小型犬のフンを思わせる重さで、しかもちょっと温かかった。

おっかなびっくり、開けてみる。

「あ……」

カエデは、沙弥加の善意を犬のフンだと疑った自分を、心から恥じた。

それは、手作りらしいマドレーヌだった。

一つ一つ、可愛らしくラッピングされていて、セロファンの包み越しに、かすかにレモンのかおりがした。

「手作りなんです。——そういうの、きらいじゃなきゃいいけど」

沙弥加の表情が、初めて少しだけ遠慮を帯びる。

「きらいじゃない、きらいじゃない。手作り、最高。めっちゃ嬉しい」

こんちゃんに振り返って「ねえ」と訊いた。

食いしん坊な上に乙女チックなところがあるこんちゃんは、紙袋のマドレーヌをのぞき込んで、子供みたいに喜んでいる。

「カエデ、荷物を積み終わったわよ。忘れ物がないか、確認しなさい」

「はあい」

カエデはこんちゃんにマドレーヌの袋を持たせて、ばたばたと二階に駆けあがった。

すっかり、ものがなくなった部屋に、ベッドと机だけが残されていた。ベッドは働きだしたときに買ったもの、机はおじいちゃんに買ってもらった学習机だ。はじめてそれに触れたときのことが、胸をよぎる。それを振り切るようにして階段を下り、玄関に出た。

青いつなぎを着た引っ越し業者の人が、カエデが確認するのを待っている。

カエデは急いでうなずくと、問題がない旨を告げた。

「では、西新丁のマンションの方に運びますので」

「お願いします」

いつの間にか外に出ていた孝子とこんちゃん、お鈴と重兵衛も居て、さらには沙弥加がミントちゃんをだっこして並び、一同そろって頭を下げた。

あんなに荷物を運んだのに、業者の人は元気だ。小走りに運転席に乗り込むと、トラックが発車する。

「やっぱり、なんだか寂しいわ」

孝子がいった。

となりに立つお鈴は、聞こえないのを承知で答える。

「そのうち孫の世話で、寂しいどころじゃなくなるかもね」

もう一方のとなりで、沙弥加がミントちゃんの短い前足をもって、孝子の手に肉球をぴとんっと、押し付けた。

「寂しいなら、ワンコを飼ったらどうですか？　もう可愛くて、全然寂しくなんかなくなりますよ」

「そうね。確かに、娘より犬の方が可愛いわね」

ミントちゃんの肉球の感触に、孝子は心が揺れているようだ。

カエデは、遠ざかってゆくトラックの後ろ姿を見るうちに、胸の中がしくしくと痛くなった。小学生の自分。中学生になって、初めて制服を着た自分。高校に合格した自分。孝子の望むとおりに、信用金庫に就職できた自分。ずっと母といっしょに居た自分は、今日をもって別の家に住む。

ちょっと、寂しかった。

いや、大いに寂しかった。

気がついたら、嗚咽《おえつ》をもらしていた。

「お母さぁん」

パチパチパチ……。

孝子が手をたたいて笑うので、お鈴主従を含めて、全員が驚いた。

皆の視線を集めて、孝子はご満悦である。

「ほーら、あんただって寂しいんだ」

孝子は勝ち誇っていた。

「泣いた人、千円、よこしなさい」

答えるように、うぐいすが鳴いた。シーズンの初めで鳴きなれないのか、ぎこちない声が笑いをさそった。孝子に容赦なく取り立てられ、カエデは賭《か》けに負けた千円を差し出した。

こんなふうに、これからはこんちゃんと生きてゆくんだなあと思った。

おまけ劇場『あやかし往来』

仙台市の繁華街、中央通り。駅近くから延びるアーケードのかかった商店街である。

お鈴とカエデ、ベンチに座ってクレープを食べている。

五歳くらいの女の子が来て、カエデのジャケットの裾《すそ》をつかむ。

カエデ「どうしたの？　迷子？　お母さんは？」

女の子、クレープをじっと見る。

お鈴「この子にも、クレープを買ってあげなさい」

カエデ「いや、それより親を探さなきゃ」

お鈴、ぴしゃりと「それよりクレープですよ」

さからえないので、向かいの店からクレープを買って女の子に与える。

女の子は無言で、しかし満足そうに食べ始める。

カエデ「おうち、どこなの？　だれと来たの？」しつこく訊くも、無視される。

小路《こうじ》から、ずぶ濡《ぬ》れの人たちが駆け込んでくる。紳士淑女然とした中年夫婦と、双子らしい大学生風の若者二人。この双子、仲が良くないようで、互いに離れて視線を合わせようとしない。四人、ハンカチで雨を拭《ふ》きながら、牛タンのレストランに入って行く。
カエデ「雨が降ってきたんですかね。ピーカンで晴れてましたけどね」
お鈴「まだピーカンよ。キツネの嫁入りだわ」
カエデ「ああ、お天気雨のことを、そういうんですっけ」
お鈴「いえいえ。本当にキツネが嫁入りするみたいよ」
振袖《ふりそで》をもたげて通りの向こうを指さす。
なんと、キツネの行列が、しずしずと近づいてくる。
裃《かみしも》を着たキツネ、馬に乗って白無垢《しろむく》を着たキツネ、長持（衣装箱）をかついだキツネ、紋付羽織袴《はおりはかま》のキツネ、黒留袖《くろとめそで》のキツネ……。キツネの嫁入りだ！
キツネの一行、通行人には見えていない様子。それでも何かの存在を感じるのか、道の真ん中を来るキツネたちをよけて歩いている。
お鈴「こんにちは。若林《わかばやし》の旅立稲荷《たびだちいなり》さん」
紋付羽織袴のキツネ「おや、本当寺のお鈴お嬢さん」
お鈴「娘さんのお嫁入り？」
紋付キツネ「はい。三番目の娘が、山形の歌懸《うたかけ》稲荷に縁付きまして」
お鈴「それは、おめでとうございます。カエデ、こちらの大旦那《おおだんな》さんに、クレープを買ってさしあげて」
紋付キツネ「いや、それはかたじけない。一度、食べてみたいと思っていたんです」

気がつくと、最前の女の子が居ない。嫁入り一行の後に、ちょこちょこついて行っている。
嫁入り一行、ふたたびしずしずと進みだす（大旦那キツネはクレープを食べつつ）。
カエデ、唖然《あぜん》としつつ、クレープを買ってくる。
お鈴「ほっときなさい」
カエデ「ちょっと、待ちなさい。その人たちはキツネで――」
突然出現したチャラ男「へい、彼女、お茶しない」とカエデに迫る。まとわりつく。
カエデ「ななな、なんなんですか。わたしは、迷子がキツネの嫁入りに――」
チャラ男「いってる意味、全然わかんない。それよか彼女、おれとお茶しない？　お茶の後はどこかでニャンニャンとかさあ」
カエデ「〝へい、彼女〟とか〝ニャンニャン〟とか、あなた何時代の人ですか！」
チャラ男「知りたい？　だったら、二人でしっぽりした後で、教えてあ・げ・る」
カエデ「ニャンニャンもしっぽりもしませんよ。ちょっとお嬢さん、助けてください」
お鈴「あー。こいつは、サルのフッタチといってね、好色な妖怪《ようかい》なのよ。里の女を連れ去ってニャンニャンする、いやらしーいヤツでね」
カエデ「げっ、妖怪ですか。幽霊だけでも手に余ってるのに、そんなものまで……」
チャラ男改めフッタチ「だから、おれといっしょに山ライフをエンジョイしようぜ」
頭上から（？）怒号「こらー！」

詰襟で袖に金モールのついた黒い制服と制帽、長い警棒を持った、どこから見ても警官だけど、どこから見ても今の時代の人じゃないという、ナマズ髭《ひげ》のおじさん、ダッシュで駆けつける。
警官「オイッ、コラッ、きさま！　逮捕する！」
フッタチ「な、おれが何したってんだよう」
警官「フッタチのくせに、しらばっくれるか。サルのフッタチであることが、すでに罪なのだ！」
フッタチ「おれのどこが、フッタチだってんだい！　いいかげんなことというな！」
フッタチ、憤慨と興奮で化けの皮がはがれる。サルに変化《へんげ》。
警官「とうとう尻尾《しっぽ》を出したな。オイッ、コラッ、逮捕してやる」
警官、フッタチを後ろ手に縄でしばり、どこかへ連行してゆく。
背後から声「フッタチは厄介な妖怪だ。あんた、山に連れ去られなくてよかったな」
ダボシャツに作業ズボン、タオルのハチマキをしたおじいさんが立っている。
カエデ「え、えーと、あの……」
お鈴「あら～。鳴子《なるこ》の徳兵衛《とくべえ》先生じゃないの。成仏したんじゃなかったの？」
カエデ「成仏って……この人も、普通の人じゃないんだ」
お鈴「普通の人なもんですか。鳴子にこの人あり、つまり日本にこの人ありと謳《うた》われた、こけし工人の東海林《しょうじ》徳兵衛さんよ。頭が高い！」

徳兵衛「いや、それほどでも」照れる。
お鈴「カエデ、徳兵衛さんにもクレープを買って差し上げて」
カエデ「はいはい、はいはいはいはいはい」
お鈴「はいは、一回」
カエデ「はいはい」クレープ屋に走る。
お鈴「ところで、どうなさったのよ?」
徳兵衛「聞いてくれるか、お嬢さん。孫夫婦がな、おれの記念館を閉鎖して、土地とこけしを売っぱらってしまったのだ。せがれはおれの業績を残そうと生涯をかけてくれたが、不肖の孫のヤツときたら跡を継ぐどころか、サラリーマンなんぞになりおって。記念館の土地代と、おれのこけしを、曾孫《ひまご》どもの学費の足しにするとか何とかぬかしおる――」
徳兵衛、受け取ったクレープを握りしめ、クリームがベチャッとはみ出す。カエデ、あわててティッシュで拭いてやる。
お鈴「それで化けて来なさったの?　徳兵衛さん、どうなさる気?」
徳兵衛「知れたことよ。孫一家にたたってくれる。孫には不祥事を起こさせて、会社に居られないようにしてやる。曾孫たちには、トラブルを起こさせて、学校に居られないようにしてやる。ヤツらめが、おれの記念館を再開させるまで、たたりの手はゆるめないぞ」

カエデ、お鈴、顔を見合わせる。

カエデ「あの、失礼ですが、お孫さん一家も生きてゆくためには——」

お鈴「徳兵衛さん、どんどんおやんなさい。先祖あっての子孫じゃありませんか。嗚子にこの人ありと謳われた東海林徳兵衛のこけしを粗末にする者は、死んで詫《わ》びるがいい！」

カエデ、あせる「お……お嬢さん、過激すぎ。徳兵衛さんも、落ち着いて。子孫にたたるなんてことは、考え直しましょうよ、ね……」

お鈴「あんた、どっちの味方なの？　大バカ者の孫野郎の肩を持とうってわけ、この裏切り者。堪忍袋の緒が切れたわ！」

お鈴もクレープを握りつぶし、指の間から、にちゃーとクリームがはみ出す。

そこへ、女の子が駆けてくる。さっき、キツネの嫁入りについて行った迷子である。

女の子、じーっと徳兵衛を見る。

一同、なぜか神聖な気持ちにとらわれる。

女の子「じいちゃん」

次の瞬間、女の子の姿が消える。

徳兵衛、いつの間にか、こけしを抱いている。

徳兵衛「これは……おれが全日本こけしコンクールで内閣総理大臣賞をとったときの、お蝶《ちょう》こけしだ。孫めが、二束三文でどこぞに売り払ってしまったと思っていたが……。

おお、ふたたびこの手に抱けるとは。おれのことを思って、やって来てくれたんだな。よく来た、よく来た。さぞつらかったろう。安心しろよ、もう離さないぞ。孫どもにたたって、記念館はきっと復活させるからな、お蝶」

お鈴「ふーん。お蝶ちゃんっていうのね」

カエデ「何、納得してるんですか。この子、つい今まで普通の女の子だったんですよ。クレープとか食べてたじゃないですか。いや、きっとちがうわ。女の子が、またどこかに行って、徳兵衛さんはマジックみたいに、ポケットからこけしを出したとかって……？　いや、ポケットないし――。だったら、あの子のこと探さなくっちゃ。迷子なんだからー」

カエデは狼狽《ろうばい》し、お鈴と徳兵衛は納得して笑みをかわしている。

母親に連れられて歩いて来た十歳ほどの少女、徳兵衛の前でふと足を止める。手を差し伸べて、徳兵衛の腕の中からこけしを受け取り、自分で抱く。さも愛《いと》しそうに。

少女、こけしを抱いて頭をなで、母親を見上げる「可愛い。可愛いね、お母さん」

母親「これ、おじさんに返しなさい」重兵衛とお鈴を見て（この母娘《おやこ》には、お鈴たちが見えるらしい。もちろん、幽霊とは気づいていない）「すみません。この子ったら」

少女「あたし、この子、好き！」

徳兵衛、じっと考えてから「だったら、さしあげましょう」

母親、お鈴、カエデ「え？」

徳兵衛「こけしというのは、元来、女の子の遊び道具だったのです。人形のように抱いて、服を着せて、そうやって遊んでやるものだったのです。このお子さんは、きっとそうしてくれる。だから、さしあげましょう」
少女「本当？　ありがとう！　ありがとう、おじちゃん」
母親「すみません。本当にいいんですか？　すみません」
母娘、嬉《うれ》しそうに去る。
お鈴「ああ、内閣総理大臣賞を……」
カエデ「売り払われた先から、わざわざ会いに来てくれたのに……」
徳兵衛「いったとおりさ。お蝶は次の居場所に行ったのだ。おれは、自分がこの世で成した仕事といっしょに、あの世に帰るよ」
うしろにある牛タンのレストランから、最前の親子が出てくる。紳士淑女の夫婦と、仲の悪そうな双子である。
徳兵衛はその四人をじっと見てから、腕組みをし、「フンッ」とためいきをついて（幽霊だけど）あの世に帰って行く。親子四人も、駅の方に向かって歩き出す。
カエデ「あの四人、鳴子に帰るんでしょうかね」
お鈴「たぶんね」さっき握りしめたクレープを、いつの間にか平らげている「クレープ、もう一個買って」
カエデ「マジですか？　生身の人間だったら、絶対に太りますよ」

お鈴「生身じゃないから、もう一個食べる」
カエデ「マジですか？」呆《あき》れながら、クレープを買いに行く。

おしまい

本書は書き下ろしです。
この作品はフィクションです。実在の人物、団体等とは
一切関係ありません。

お天《てん》気《き》屋《や》のお鈴《すず》さん

堀《ほり》川《かわ》アサコ

平成30年 2月25日 初版発行

発行者●郡司 聡

発行●株式会社KADOKAWA
〒102-8177 東京都千代田区富士見2-13-3
電話 0570-002-301（ナビダイヤル）

角川文庫 20730

印刷所●旭印刷株式会社 製本所●株式会社ビルディング・ブックセンター

表紙画●和田三造

ISBN978-4-04-103682-2 C0193

角川文庫発刊に際して

角　川　源　義

第二次世界大戦の敗北は、軍事力の敗北であった以上に、私たちの若い文化力の敗退であった。私たちの文化が戦争に対して如何に無力であり、単なるあだ花に過ぎなかったかを、私たちは身を以て体験し痛感した。西洋近代文化の摂取にとって、明治以後八十年の歳月は決して短かすぎたとは言えない。にもかかわらず、近代文化の伝統を確立し、自由な批判と柔軟な良識に富む文化層として自らを形成することに私たちは失敗して来た。そしてこれは、各層への文化の普及滲透を任務とする出版人の責任でもあった。

一九四五年以来、私たちは再び振出しに戻り、第一歩から踏み出すことを余儀なくされた。これは大きな不幸ではあるが、反面、これまでの混沌・未熟・歪曲の中にあった我が国の文化に秩序と確たる基礎を齎らすためには絶好の機会でもある。角川書店は、このような祖国の文化的危機にあたり、微力をも顧みず再建の礎石たるべき抱負と決意とをもって出発したが、ここに創立以来の念願を果すべく角川文庫を発刊する。これまで刊行されたあらゆる全集叢書文庫類の長所と短所とを検討し、古今東西の不朽の典籍を、良心的編集のもとに、廉価に、そして書架にふさわしい美本として、多くのひとびとに提供しようとする。しかし私たちは徒らに百科全書的な知識のジレッタントを作ることを目的とせず、あくまで祖国の文化に秩序と再建への道を示し、この文庫を角川書店の栄ある事業として、今後永久に継続発展せしめ、学芸と教養との殿堂として大成せんことを期したい。多くの読書子の愛情ある忠言と支持とによって、この希望と抱負とを完遂せしめられんことを願う。

一九四九年五月三日

おせっかい屋のお鈴さん

堀川アサコ

こんなかわいい幽霊なら会ってみたい!?

杜の都、仙台で暮らす村田カエデ27歳。ぽっちゃり体型の優しい彼氏あり。地元の信金勤務の平凡な人生を送っていた――お鈴さんに出会うまでは。彼女は超がつくわがままお嬢さま。さらに問題なのは幽霊であること!?　でもお人好しで憎めない、変わった幽霊なのだ。困った人を放っておけず騒動ばかり引き起こす。今日もカエデたちを巻き込み大騒ぎに!?　楽しく笑い、ほろりとさせられる。読んだ後に優しい気持ちになれる物語。

角川文庫のキャラクター文芸

ISBN 978-4-04-105573-1

吉祥寺よろず怪事請負処《あやごとうけおいどころ》

結城光流

吉祥寺の庭師は、すご腕の陰陽師!?

吉祥寺のガーデンショップ「栽-SAI-」に居候中の大学生・保《たもつ》。無口な住み込みの庭師・啓介《けいすけ》は、保にとって兄のような存在だ。ある日保は、大学の先輩から相談を受ける。祖母が大事にしている古い梅の木を伐《き》ろうとすると、次々不吉なことが起こるというのだ。それを解決してくれたのは、なんと啓介。彼は現代に生きるすご腕の陰陽師だったのだ——！　庭にまつわる不思議な事件、解決します。現代の陰陽師ものがたり開幕！

ISBN 978-4-04-105497-0

うちの執事に願ったならば

高里椎奈

それぞれの理想がすれちがう、新米主従のミステリ！

烏丸《からすま》家当主を継いで一年以上が過ぎ、執事の衣更月《きさらぎ》と衝突しながらも奮闘する花穎《かえい》。大学が夏休みに入り仕事の傍ら、石漱棗《いしざきなつめ》の誘いを受けて彼の地元を訪ねることに。友人宅でお泊まりという人生初めてのイベントに心躍る花穎だが、道中トラブルに巻き込まれてしまい……⁉　一方で同行を許されない衣更月は、主人を守るために取るべき行動の限度について悩んでいた。若き当主と新米執事、不本意コンビが織りなす上流階級ミステリ！

角川文庫のキャラクター文芸

ISBN 978-4-04-105271-6